STS

山田社

U0080296

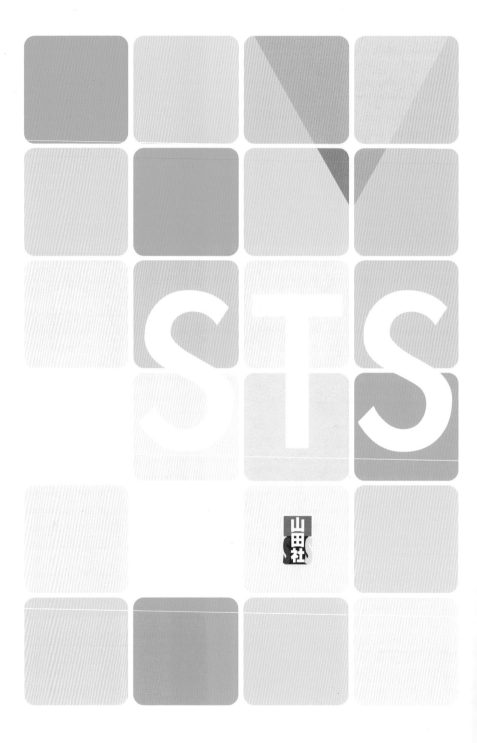

精修版

絕對合格
日檢必背聽力

N1
新制對應！

吉松由美
田中陽子
西村惠子　◎合著
林勝田
山田社日檢題庫小組

日檢教戰手冊 No.1!

網羅多位日籍金牌教師共同編著

精辟詳盡 解析	+	命中率高 試題	+	合格最短路線 聽力

山田社

前言
preface

為因應眾多讀者及學校的熱烈要求，
《精修版 新制對應 絕對合格！日檢必背聽力 N1》隆重推出
「QR 碼線上音檔 + MP3 版」了。
除了可以聆聽附贈的「實戰 MP3」音檔之外，
還可以手機隨掃即聽 QR 碼行動學習音檔，迅速累積實力！

> 聽力是日檢大門的合格金鑰！
> 只要找對方法，就能改變結果！
> 即使聽力成績老是差強人意，也能一舉過關斬將，得高分！

★ 日籍金牌教師編著，百萬考生推薦，應考秘訣一本達陣！！
★ 被國內多所學校列為指定教材！
★ N1 聽力考題 × 日檢制勝關鍵句 × 精準突破解題攻略！
★ 魔法般的三合一學習法，讓您樂勝考場！
★ 百萬年薪跳板必備書！
★ 目標！升格達人級日文！成為魔人級考證大師！

為什麼每次考試總是因為聽力而以失敗告終！
為什麼做了那麼多練習，考試還是鴨子聽雷？
為什麼總是找不到一本適合自己的聽力書？
您有以上的疑問嗎？

其實，考生最容易陷入著重單字、文法之迷思，而忘記分數比重最高的可是「聽力」！日檢志得高分，聽力是勝出利器！一本「完美的」日檢聽力教材，教您用鷹眼般的技巧找到方向，馬上聽到最關鍵的那一句！一本適合自己的聽力書可以少走很多冤枉路，從崩潰到得高分。

本書【4 大必背】不管聽力考題怎麼出，都能見招拆招！

☞ 聽力內容無論是考查重點、出題方式、設問方式，完全符合新制考試要求。為的是讓考生培養「透視題意的能力」，透過做遍各種「經過包裝」的題目，就能找出公式、定理和脈絡並直接背起來應用，就是抄捷徑的方式之一！

☞ 本書幫您整理出 N1 聽力最常出現的單字，只要記住這些關鍵單字，考試不驚慌失措，答題輕鬆自在！

☞ 精闢解析助您迅速掌握對話的重點，句句精華，所有盲點一掃而空！答案準確又有效率！

☞ 本書將對話中的解題關鍵句都標出來了！配合中譯和精闢解析，秒速解題不再只是空想！

本書六大特色，內容精修，全新編排，讓您讀得方便，學得更有效率！聽力成績拿高標，就能縮短日檢合格距離，成為日檢聽力高手！

1. 掌握考試題型，日檢實力秒速發揮！

　　本書設計完全符合 N1 日檢聽力的題型，有：「理解問題」、「理解重點」、「理解概要」、「即時應答」及「綜合理解」五大題型，為的是讓您熟悉答題時間及字數，幫您找出最佳的解題方法。只要反覆練習就能像親臨考場，實戰演練，日檢聽力實力就可以在幾分幾秒間完全發揮！

題型說明

作答流程與技巧

2. 日籍老師標準發音光碟，反覆聆聽，打造強而有力「日語耳」！

　　同一個句子，語調不同，意思就不同了。本書附上符合 N1 考試朗讀速度的高音質光碟，發音標準純正，幫助您習慣日本人的發音、語調及語氣。希望您不斷地聆聽、跟讀和朗讀，以拉近「聽覺」與「記憶」間的距離，加快「聽覺‧圖像」與「思考」間的反應。此外，更貼心設計了「一題一個音軌」的方式，讓您不再面臨一下快轉、一下倒轉，找不到音檔的窘境，任您隨心所欲要聽哪段，就聽哪段！

一題一音軌

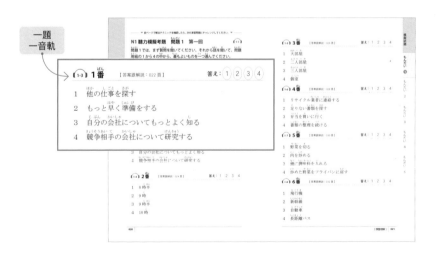

3. 關鍵破題，逐項解析，日檢百分百完勝！

每題的關鍵句都是重點中的重點，時間緊迫看這裡就對了！抓住重點關鍵句，才是突破考題的捷徑！解題之前先訓練搜索力，只要聽到最關鍵的那一句，就能不費吹灰之力破解題目！

依照編號對照右頁關鍵句解說。例：關鍵句 ① 對照關鍵句解題①。

關鍵句

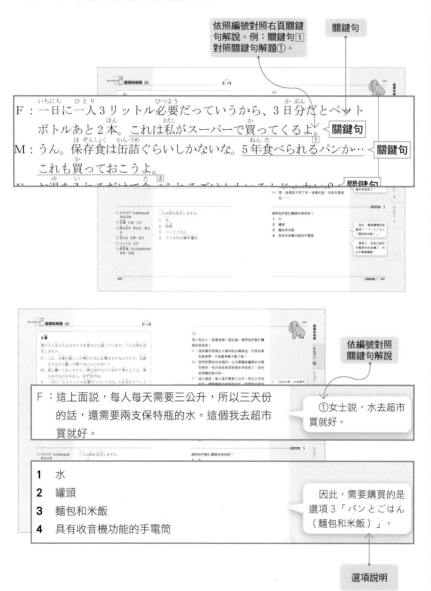

F：一日に一人３リットル必要だっていうから、３日分だとペットボトルあと２本。これは私がスーパーで買ってくるよ。 ＜關鍵句 ①

M：うん。保存食は缶詰ぐらいしかないな。５年食べられるパンか… ＜關鍵句 これも買っておこうよ。

依編號對照關鍵句解說

F：這上面說，每人每天需要三公升的話，還需要兩支保特瓶的水。這個我去超市買就好。

①女士說，水去超市買就好。

1 水

2 罐頭

3 麵包和米飯

4 具有收音機功能的手電筒

因此，需要購買的是選項 3「パンとごはん（麵包和米飯）」。

選項說明

4. 精闢解析句句精華，同級單字文法瞬間掌握！

　　書中解析句句精華，配合重點關鍵句，即使突然恍神也能掌握對話精髓！本書同時整理出對話中的同級單字和文法，內容豐富多元，只要聽熟本書，絕對讓您的聽力敏感度大幅提升！

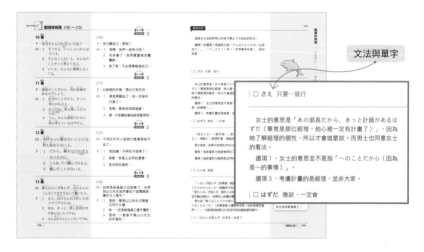

5. 聽覺、視覺、大腦連線！加深記憶軌跡！

　　本書採用左右頁對照的學習方式，藉由閱讀左頁的原文，對照右頁的翻譯和解題，配合單字文法，讓「聽」、「讀」、「思」同步連線，以加深記憶軌跡，加快思考力、反應力，全面提高答題率！

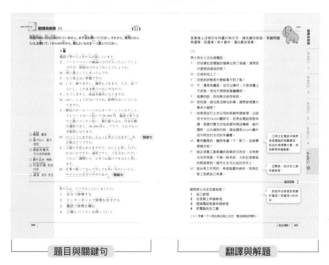

題目與關鍵句　　　　　　翻譯與解題

6. 全書搭配可愛的插圖，日檢書也可以很逗趣！

　　誰說考試用書一定很沉悶很死板？本書隨處可見令人會心一笑的插畫，隨手一翻，不經意就遇見好心情！只要帶著愉快的心從容應答，解題不再緊張兮兮，就能發揮全部實力！

目録
contents

新「日本語能力測驗」概要

JLPT

一、什麼是新日本語能力試驗呢

1. 新制「日語能力測驗」

　　從 2010 年起實施的新制「日語能力測驗」（以下簡稱為新制測驗）。

1 － 1　實施對象與目的

　　新制測驗與舊制測驗相同，原則上，實施對象為非以日語作為母語者。其目的在於，為廣泛階層的學習與使用日語者舉行測驗，以及認證其日語能力。

1 － 2　改制的重點

改制的重點有以下四項：

1　測驗解決各種問題所需的語言溝通能力

　　新制測驗重視的是結合日語的相關知識，以及實際活用的日語能力。因此，擬針對以下兩項舉行測驗：一是文字、語彙、文法這三項語言知識；二是活用這些語言知識解決各種溝通問題的能力。

2　由四個級數增為五個級數

　　新制測驗由舊制測驗的四個級數（1 級、2 級、3 級、4 級），增加為五個級數（N1、N2、N3、N4、N5）。新制測驗與舊制測驗的級數對照，如下所示。最大的不同是在舊制測驗的 2 級與 3 級之間，新增了 N3 級數。

N1	難易度比舊制測驗的 1 級稍難。合格基準與舊制測驗幾乎相同。
N2	難易度與舊制測驗的 2 級幾乎相同。
N3	難易度介於舊制測驗的 2 級與 3 級之間。（新增）
N4	難易度與舊制測驗的 3 級幾乎相同。
N5	難易度與舊制測驗的 4 級幾乎相同。

＊「N」代表「Nihongo（日語）」以及「New（新的）」。

3　施行「得分等化」

　　由於在不同時期實施的測驗，其試題均不相同，無論如何慎重出題，每次測驗的難易度總會有或多或少的差異。因此在新制測驗中，導入「等化」的計分方式後，便能將不同時期的測驗分數，於共同量尺上相互比較。因此，無論是在什麼時候接受測驗，只要是相同級數的測驗，其得分均可予以比較。目前全球幾種主要的語言測驗，均廣泛採用這種「得分等化」的計分方式。

4 提供「日本語能力試驗 Can-do 自我評量表」（簡稱 JLPT Can-do）

　　為了瞭解通過各級數測驗者的實際日語能力，新制測驗經過調查後，提供「日本語能力試驗 Can-do 自我評量表」。該表列載通過測驗認證者的實際日語能力範例。希望通過測驗認證者本人以及其他人，皆可藉由該表格，更加具體明瞭測驗成績代表的意義。

1－3 所謂「解決各種問題所需的語言溝通能力」

　　我們在生活中會面對各式各樣的「問題」。例如，「看著地圖前往目的地」或是「讀著說明書使用電器用品」等等。種種問題有時候需要語言的協助，有時候不需要。

　　為了順利完成需要語言協助的問題，我們必須具備「語言知識」，例如文字、發音、語彙的相關知識、組合語詞成為文章段落的文法知識、判斷串連文句的順序以便清楚說明的知識等等。此外，亦必須能配合當前的問題，擁有實際運用自己所具備的語言知識的能力。

　　舉個例子，我們來想一想關於「聽了氣象預報以後，得知東京明天的天氣」這個課題。想要「知道東京明天的天氣」，必須具備以下的知識：「晴れ（晴天）、くもり（陰天）、雨（雨天）」等代表天氣的語彙；「東京は明日は晴れでしょう（東京明日應是晴天）」的文句結構；還有，也要知道氣象預報的播報順序等。除此以外，尚須能從播報的各地氣象中，分辨出哪一則是東京的天氣。

　　如上所述的「運用包含文字、語彙、文法的語言知識做語言溝通，進而具備解決各種問題所需的語言溝通能力」，在新制測驗中稱為「解決各種問題所需的語言溝通能力」。

　　新制測驗將「解決各種問題所需的語言溝通能力」分成以下「語言知識」、「讀解」、「聽解」等三個項目做測驗。

語言知識	各種問題所需之日語的文字、語彙、文法的相關知識。
讀　解	運用語言知識以理解文字內容，具備解決各種問題所需的能力。
聽　解	運用語言知識以理解口語內容，具備解決各種問題所需的能力。

　　作答方式與舊制測驗相同，將多重選項的答案劃記於答案卡上。此外，並沒有直接測驗口語或書寫能力的科目。

2. 認證基準

　　新制測驗共分為 N1、N2、N3、N4、N5 五個級數。最容易的級數為 N5，最困難的級數為 N1。

與舊制測驗最大的不同，在於由四個級數增加為五個級數。以往有許多通過3級認證者常抱怨「遲遲無法取得2級認證」。為因應這種情況，於舊制測驗的2級與3級之間，新增了N3級數。

　新制測驗級數的認證基準，如表1的「讀」與「聽」的語言動作所示。該表雖未明載，但應試者也必須具備為表現各語言動作所需的語言知識。

　N4與N5主要是測驗應試者在教室習得的基礎日語的理解程度；N1與N2是測驗應試者於現實生活的廣泛情境下，對日語理解程度；至於新增的N3，則是介於N1與N2，以及N4與N5之間的「過渡」級數。關於各級數的「讀」與「聽」的具體題材（內容），請參照表1。

■表1　新「日語能力測驗」認證基準

級數	認證基準
	各級數的認證基準，如以下【讀】與【聽】的語言動作所示。各級數亦必須具備為表現各語言動作所需的語言知識。
N1	能理解在廣泛情境下所使用的日語 【讀】· 可閱讀話題廣泛的報紙社論與評論等論述性較複雜及較抽象的文章，且能理解其文章結構與內容。 · 可閱讀各種話題內容較具深度的讀物，且能理解其脈絡及詳細的表達意涵。 【聽】· 在廣泛情境下，可聽懂常速且連貫的對話、新聞報導及講課，且能充分理解話題走向、內容、人物關係、以及說話內容的論述結構等，並確實掌握其大意。
N2	除日常生活所使用的日語之外，也能大致理解較廣泛情境下的日語 【讀】· 可看懂報紙與雜誌所刊載的各類報導、解說、簡易評論等主旨明確的文章。 · 可閱讀一般話題的讀物，並能理解其脈絡及表達意涵。 【聽】· 除日常生活情境外，在大部分的情境下，可聽懂接近常速且連貫的對話與新聞報導，亦能理解其話題走向、內容、以及人物關係，並可掌握其大意。
N3	能大致理解日常生活所使用的日語 【讀】· 可看懂與日常生活相關的具體內容的文章。 · 可由報紙標題等，掌握概要的資訊。 · 於日常生活情境下接觸難度稍高的文章，經換個方式敘述，即可理解其大意。 【聽】· 在日常生活情境下，面對稍微接近常速且連貫的對話，經彙整談話的具體內容與人物關係等資訊後，即可大致理解。

困難↑ *

		能理解基礎日語
*容易	N4	【讀】・ 可看懂以基本語彙及漢字描述的貼近日常生活相關話題的文章。 【聽】・ 可大致聽懂速度較慢的日常會話。
↓	N5	能大致理解基礎日語 【讀】・ 可看懂以平假名、片假名或一般日常生活使用的基本漢字所書寫的固定詞句、短文、以及文章。 【聽】・ 在課堂上或周遭等日常生活中常接觸的情境下，如為速度較慢的簡短對話，可從中聽取必要資訊。

* N1 最難，N5 最簡單。

3. 測驗科目

新制測驗的測驗科目與測驗時間如表 2 所示。

■ 表 2 測驗科目與測驗時間 *①

級數	測驗科目 （測驗時間）			
N1	語言知識（文字、語彙、文法）、讀解 （110 分）		聽解 （60 分）	→
N2	語言知識（文字、語彙、文法）、讀解 （105 分）		聽解 （50 分）	→
N3	語言知識 （文字、語彙） （30 分）	語言知識（文法）、讀解 （70 分）	聽解 （40 分）	→
N4	語言知識 （文字、語彙） （30 分）	語言知識（文法）、讀解 （60 分）	聽解 （35 分）	→
N5	語言知識 （文字、語彙） （25 分）	語言知識（文法）、讀解 （50 分）	聽解 （30 分）	→

測驗科目為「語言知識（文字、語彙、文法）、讀解」；以及「聽解」共 2 科目。

測驗科目為「語言知識（文字、語彙）」；「語言知識（文法）、讀解」；以及「聽解」共 3 科目。

　　N1 與 N2 的測驗科目為「語言知識（文字、語彙、文法）、讀解」以及「聽解」共 2 科目；N3、N4、N5 的測驗科目為「語言知識（文字、語彙）」、「語言知識（文法）、讀解」、「聽解」共 3 科目。

　　由於 N3、N4、N5 的試題中，包含較少的漢字、語彙、以及文法項目，因此當與 N1、N2 測驗相同的「語言知識（文字、語彙、文法）、讀解」科目時，有時會使某幾道試題成為其他題目的提示。為避免這個情況，因此將「語言知識（文字、語彙、文法）、讀解」，分成「語言知識（文字、語彙）」和「語言知識（文法）、讀解」施測。

*①：聽解因測驗試題的錄音長度不同，致使測驗時間會有些許差異。

4. 測驗成績

4－1　量尺得分

舊制測驗的得分，答對的題數以「原始得分」呈現；相對的，新制測驗的得分以「量尺得分」呈現。

「量尺得分」是經過「等化」轉換後所得的分數。以下，本手冊將新制測驗的「量尺得分」，簡稱為「得分」。

4－2　測驗成績的呈現

新制測驗的測驗成績，如表 3 的計分科目所示。N1、N2、N3 的計分科目分為「語言知識（文字、語彙、文法）」、「讀解」、以及「聽解」3 項；N4、N5 的計分科目分為「語言知識（文字、語彙、文法）、讀解」以及「聽解」2 項。

會將 N4、N5 的「語言知識（文字、語彙、文法）」和「讀解」合併成一項，是因為在學習日語的基礎階段，「語言知識」與「讀解」方面的重疊性高，所以將「語言知識」與「讀解」合併計分，比較符合學習者於該階段的日語能力特徵。

■ 表 3　各級數的計分科目及得分範圍

級數	計分科目		得分範圍
N1	語言知識（文字、語彙、文法） 讀解 聽解		0～60 0～60 0～60
		總分	0～180
N2	語言知識（文字、語彙、文法） 讀解 聽解		0～60 0～60 0～60
		總分	0～180
N3	語言知識（文字、語彙、文法） 讀解 聽解		0～60 0～60 0～60
		總分	0～180
N4	語言知識（文字、語彙、文法）、讀解 聽解		0～120 0～60
		總分	0～180
N5	語言知識（文字、語彙、文法）、讀解 聽解		0～120 0～60
		總分	0～180

各級數的得分範圍，如表 3 所示。N1、N2、N3 的「語言知識（文字、語彙、文法）」、「讀解」、「聽解」的得分範圍各為 0～60 分，三項合計的總分範圍是 0～180 分。「語言知識（文字、語彙、文法）」、「讀解」、「聽解」各占總分的比例是 1：1：1。

N4、N5 的「語言知識（文字、語彙、文法）、讀解」的得分範圍為 0～120 分，「聽解」的得分範圍為 0～60 分，二項合計的總分範圍是 0～180 分。「語言知識（文字、語彙、文法）、讀解」與「聽解」各占總分的比例是 2：1。還有，「語言知識（文字、語彙、文法）、讀解」的得分，不能拆解成「語言知識（文字、語彙、文法）」與「讀解」二項。

除此之外，在所有的級數中，「聽解」均占總分的三分之一，較舊制測驗的四分之一為高。

4－3 合格基準

舊制測驗是以總分作為合格基準；相對的，新制測驗是以總分與分項成績的門檻二者作為合格基準。所謂的門檻，是指各分項成績至少必須高於該分數。假如有一科分項成績未達門檻，無論總分有多高，都不合格。

新制測驗設定各分項成績門檻的目的，在於綜合評定學習者的日語能力，須符合以下二項條件才能判定為合格：①總分達合格分數（＝通過標準）以上；②各分項成績達各分項合格分數（＝通過門檻）以上。如有一科分項成績未達門檻，無論總分多高，也會判定為不合格。

N1～N3 及 N4、N5 之分項成績有所不同，各級總分通過標準及各分項成績通過門檻如下所示：

| 級數 | 總分 | | 分項成績 | | | | | |
| | | | 言語知識
（文字·語彙·文法） | | 讀解 | | 聽解 | |
	得分 範圍	通過 標準	得分 範圍	通過 門檻	得分 範圍	通過 門檻	得分 範圍	通過 門檻
N1	0～180分	100分	0～60分	19分	0～60分	19分	0～60分	19分
N2	0～180分	90分	0～60分	19分	0～60分	19分	0～60分	19分
N3	0～180分	95分	0～60分	19分	0～60分	19分	0～60分	19分

| 級數 | 總分 | | 分項成績 | | | |
| | | | 言語知識
（文字·語彙·文法）·讀解 | | 聽解 | |
	得分範圍	通過標準	得分範圍	通過門檻	得分範圍	通過門檻
N4	0～180分	90分	0～120分	38分	0～60分	19分
N5	0～180分	80分	0～120分	38分	0～60分	19分

※ 上列通過標準自 2010 年第 1 回(7月)【N4、N5 為 2010 年第 2 回(12月)】起適用。

缺考其中任一測驗科目者，即判定為不合格。寄發「合否結果通知書」時，含已應考之測驗科目在內，成績均不計分亦不告知。

4－4　測驗結果通知

依級數判定是否合格後，寄發「合否結果通知書」予應試者；合格者同時寄發「日本語能力認定書」。

■ N1, N2, N3

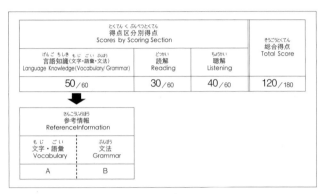

■ N4, N5

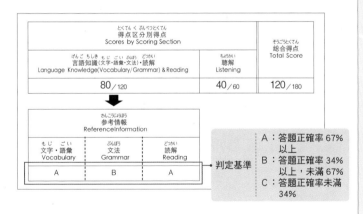

※ 各節測驗如有一節缺考就不予計分，即判定為不合格。雖會寄發「合否結果通知書」但所有分項成績，含已出席科目在內，均不予計分。各欄成績以「*」表示，如「**／60」。
※ 所有科目皆缺席者，不寄發「合否結果通知書」。

N1 題型分析

<table>
<tr><th rowspan="3">測驗科目
(測驗時間)</th><th colspan="4">試題內容</th></tr>
<tr><th colspan="2">題型</th><th>小題
題數
*</th><th>分析</th></tr>
<tr><td colspan="5"></td></tr>
<tr><td rowspan="10">語言知識、讀解</td><td rowspan="4">文字、語彙</td><td>1</td><td>漢字讀音 ◇</td><td>6</td><td>測驗漢字語彙的讀音。</td></tr>
<tr><td>2</td><td>選擇文脈語彙 ○</td><td>7</td><td>測驗根據文脈選擇適切語彙。</td></tr>
<tr><td>3</td><td>同義詞替換 ○</td><td>6</td><td>測驗根據試題的語彙或說法，選擇同義詞或同義說法。</td></tr>
<tr><td>4</td><td>用法語彙 ○</td><td>6</td><td>測驗試題的語彙在文句裡的用法。</td></tr>
<tr><td rowspan="3">文法</td><td>5</td><td>文句的文法1
（文法形式判斷）○</td><td>10</td><td>測驗辨別哪種文法形式符合文句內容。</td></tr>
<tr><td>6</td><td>文句的文法2
（文句組構）◆</td><td>5</td><td>測驗是否能夠組織文法正確且文義通順的句子。</td></tr>
<tr><td>7</td><td>文章段落的文法 ◆</td><td>5</td><td>測驗辨別該文句有無符合文脈。</td></tr>
<tr><td rowspan="3">讀解*</td><td>8</td><td>理解內容
（短文）○</td><td>4</td><td>於讀完包含生活與工作之各種題材的說明文或指示文等，約200字左右的文章段落之後，測驗是否能夠理解其內容。</td></tr>
<tr><td>9</td><td>理解內容
（中文）○</td><td>9</td><td>於讀完包含評論、解說、散文等，約500字左右的文章段落之後，測驗是否能夠理解其因果關係或理由。</td></tr>
<tr><td>10</td><td>理解內容
（長文）○</td><td>4</td><td>於讀完包含解說、散文、小說等，約1000字左右的文章段落之後，測驗是否能夠理解其概要或作者的想法。</td></tr>
</table>

	11	綜合理解	◆	3	於讀完幾段文章（合計 600 字左右）之後，測驗是否能夠將之綜合比較並且理解其內容。
	12	理解想法（長文）	◇	4	於讀完包含抽象性與論理性的社論或評論等，約 1000 字左右的文章之後，測驗是否能夠掌握全文想表達的想法或意見。
	13	釐整資訊	◆	2	測驗是否能夠從廣告、傳單、提供各類訊息的雜誌、商業文書等資訊題材（700 字左右）中，找出所需的訊息。
聽解	1	理解問題	◇	6	於聽取完整的會話段落之後，測驗是否能夠理解其內容（於聽完解決問題所需的具體訊息之後，測驗是否能夠理解應當採取的下一個適切步驟）。
	2	理解重點	◇	7	於聽取完整的會話段落之後，測驗是否能夠理解其內容（依據剛才已聽過的提示，測驗是否能夠抓住應當聽取的重點）。
	3	理解概要	◇	6	於聽取完整的會話段落之後，測驗是否能夠理解其內容（測驗是否能夠從整段會話中理解說話者的用意與想法）。
	4	即時應答	◆	14	於聽完簡短的詢問之後，測驗是否能夠選擇適切的應答。
	5	綜合理解	◇	4	於聽完較長的會話段落之後，測驗是否能夠將之綜合比較並且理解其內容。

＊「小題題數」為每次測驗的約略題數，與實際測驗時的題數可能未盡相同。此外，亦有可能會變更小題題數。

＊有時在「讀」科目中，同一段文章可能會有數道小題。

＊符號標示：「◆」舊制測驗沒有出現過的嶄新題型；「◇」沿襲舊制測驗的題型，但是更動部分形式；「○」與舊制測驗一樣的題型。

資料來源：《日本語能力試驗 JLPT 官方網站：分項成績・合格判定・合否結果通知》。2016 年 1 月 11 日，取自：http://www.jlpt.jp/tw/guideline/results.html

Memo

課題理解

在聽取完整的會話段落之後，測驗是否能夠理解其內容（於聽完解決問題所需的具體訊息之後，測驗是否能夠理解應當採取的下一個適切步驟）。

考前要注意的事

▶ 作答流程 & 答題技巧

聽取說明	先仔細聽取考題說明

↓

聽取問題與內容	測驗目標是在聽取建議、委託、指示等相關對話之後，判斷接下來該怎麼做。選項會印在考卷上，有文字或圖片兩種呈現方式。 內容順序一般是「提問 ➡ 對話 ➡ 提問」 預估有 6 題左右 1 首先要理解應該做什麼事？第一優先的任務是什麼？要邊聽邊整理。 2 經常以換句話說的表現方式出題。

↓

答題	再次仔細聆聽問題，選出正確答案

N1 聴力模擬考題　問題1　第一回　(1-1)

問題1では、まず質問を聞いてください。それから話を聞いて、問題用紙の1から4の中から、最もよいものを一つ選んでください。

(1-2) 例　【答案詳見：232頁】　答え：① ② ③ ④

1　タクシーに乗る

2　飲み物を買う

3　パーティに行く

4　ケーキを作る

(1-3) 1番　【答案跟解説：022頁】　答え：① ② ③ ④

1　他の仕事を探す

2　もっと早く準備をする

3　自分の会社についてもっとよく知る

4　競争相手の会社について研究する

(1-4) 2番　【答案跟解説：024頁】　答え：① ② ③ ④

1　8時半

2　9時

3　9時半

4　10時

(1-5) 3番 【答案跟解説：026 頁】　　　答え： 1 2 3 4

1　大部屋
　　おお べ や

2　二人部屋
　　ふたり べ や

3　三人部屋
　　さんにん べ や

4　個室
　　こ しつ

(1-6) 4番 【答案跟解説：028 頁】　　　答え： 1 2 3 4

1　リサイクル業者に連絡する
　　　　　　ぎょうしゃ　れんらく

2　足りない書類を探す
　　た　　　しょるい さが

3　弁当を買いに行く
　　べんとう か　 い

4　書類の整理を続ける
　　しょるい せいり つづ

(1-7) 5番 【答案跟解説：030 頁】　　　答え： 1 2 3 4

1　野菜を切る
　　や さい き

2　肉を炒める
　　にく いた

3　鍋に調味料を入れる
　　なべ ちょうみりょう い

4　炒めた野菜をフライパンに戻す
　　いた や さい　　　　　　　もど

(1-8) 6番 【答案跟解説：032 頁】　　　答え： 1 2 3 4

1　飛行機
　　ひ こう き

2　新幹線
　　しんかんせん

3　自動車
　　じ どうしゃ

4　長距離バス
　　ちょうきょ り

問題1では、まず質問を聞いてください。それから話を聞いて、問題用紙の1から4の中から、最もよいものを一つ選んでください。

1番

会社で男の人と女の人が話しています。女の人は男の人がこれからどうすべきだと言っていますか。

M：課長、契約がとれなくて申し訳ありませんでした。

F：まあ、初めてにしてはなかなかよくやったと思いますよ。確か、二か月前からでしたね。準備したのは。

M：はい。自分としては早く始めたつもりだったんですが。次はもっと早く準備をします。

F：ただ、準備には時間さえかければいいというものでもないんですよ。 ← 關鍵句
　　　　　　　　　　　　　　　　　　　　　　　　　　①

M：はい。競争相手に勝つには、相手についてどれだけ知っておく ← 關鍵句
かということですね。②

F：それもあるけど、まずは自分の側、つまり自社の強みや弱みに ← 關鍵句
ついても、十分にわかっておくことが大事なんですよ。

M：あ、…はい。私の勉強不足でした。これからは気をつけます。③

□ 契約　契約
□ 競争相手　競爭對手
□ 自社　己方公司
□ 気をつける　小心・注意

女の人は男の人がこれからどうすべきだと言っていますか。

1　他の仕事を探す
2　もっと早く準備をする
3　自分の会社についてもっとよく知る
4　競争相手の会社について研究する

翻譯與解題

もんだい ❶

もんだい 2

もんだい 3

もんだい 4

もんだい 5

第一大題。請先聽每小題的題目，接著聽完對話，再從答案卷上的選項 1 到 4 當中，選出最佳答案。

(1)

男士和女士正在公司裡談話。請問女士說男士接下來應該做什麼呢？

M：科長，沒能拿到訂單，實在非常抱歉。

F：我認為以第一次參加競標而言，你已經做得相當好了。我記得你大約是從兩個月前開始籌劃的吧？

M：是的。我原本以為這樣已經算是提早作業了。下次會更提前準備的。

F：不過，籌備工作不見得是花費時間就能準備周詳的喔。

M：科長說得是。贏過競爭對手的關鍵，在於是否充分掌握了對方的實力。

F：那也是要素之一，但更重要的是，必須徹底了解我方，也就是自家公司的強項和弱項喔！

M：啊……我明白了。這次是我準備不夠充分，以後會多加注意的。

①科長並沒有要求男士盡量提早準備。

②③科長說比起了解競爭對手的公司，首先必要徹底了解我們自己的公司。

Answer **3**

請問女士說男士接下來應該做什麼呢？

1 找其他工作
2 更早準備
3 更充分了解自家公司
4 研究競爭對手的公司

2番

会社で男の人と女の人が話しています。女の人は明日何時までに出勤しなければなりませんか。

F ：明日は直接本社に行くから、よろしくね。

M ：10時に着いていなきゃならないんだったら、15分前には着いていたほうがいいね。10時からでしょ。明日の委員会は。 <関鍵句

F ：それが、そうはいかないの。明日は私が議長なんで30分前には着いてないと。家から一時間半以上はかかるから、早起きしなきゃ。ここからだったら30分で着くんだけどね。 <関鍵句

M ：ああ、そりゃ大変だ。会場の準備もしなくちゃいけないんでしょ。

F ：そっちは本社の山口さんに頼んだから、明日の9時半には出来てると思う。

M ：でもさ、山口さん、お子さんを保育園に連れて行ってるから、最近はぎりぎりに出勤することもあるみたいだよ。

F ：ああ、そうか。じゃ、今日のうちにやってもらおう。そうすればなんとかなるから。

□ 委員会 委員會
□ 議長 主席；主持人
□ お子さん 尊稱別人的孩子
□ 保育園 幼兒園
□ ぎりぎり 極限，最大限度

女の人は明日何時までに出勤しなければなりませんか。

1 8時半
2 9時
3 9時半
4 10時

翻譯與解題

もんだい ❶

もんだい 2

もんだい 3

もんだい 4

もんだい 5

(2)

男士和女士正在公司裡談話。請問女士明天必須在幾點之前上班呢？

Ｆ：我明天直接去總公司，這裡麻煩你了。

Ｍ：如果必須在10點準時抵達的話，最好提前15分鐘到。明天的委員會訂在10點開會吧？

①會議從十點開始。

Ｆ：我不能那麼晚到。明天由我擔任主席，所以必須提前30分鐘到會議室。從我家出發需要一個半小時以上，得早點起床才行。要是從這裡出發，只要30分鐘就到了。

②因為這位女士擔任主席，所以必須提前三十分鐘到達總公司。因此，這位女士必須在九點半前抵達總公司上班。

Ｍ：是哦，太辛苦了。妳不是還要布置會議室嗎？

Ｆ：那部分已經拜託總公司的山口小姐幫忙了，我想明天 9 點半之前就可以完成了。

Ｍ：可是，山口小姐要送小孩去幼兒園，最近有幾次似乎差點遲到了喔。

Ｆ：這樣喔，那麼，我請她今天下班前先去整理場地，這樣應該就來得及了。

Answer 3

請問女士明天必須在幾點之前上班呢？

1 八點半

2 九點

3 九點半

4 十點

3番

病院の受付で男の人がパソコンの画面を見ながら説明を聞いています。男の人はどの部屋にしますか。

F：ご入院されるお部屋ですが、この画面をご覧ください。こちらは大部屋で、4人から6人の部屋になります。ベッド代はかかりません。<u>トイレや洗面台、冷蔵庫は共同で部屋の外で使います。</u>〈[1] **關鍵句**

M：ええと、テレビは。

F：<u>テレビは、レンタル料は無料ですが、テレビカードを買って見ていただきます。</u>今はベッドも…はい、空いています。[2]〈 **關鍵句**

M：はあ。

F：で、こちらは三人部屋で一日3000円ですね。トイレはないですが、洗面台はついてます。二人部屋は8000円で、トイレと洗面台、あとお一人ずつ冷蔵庫がついています。

M：一人部屋はどうですか。

F：いくつかの種類がございます。こちらの写真の通り、個室には基本的にトイレと洗面台、それにインターネットにつながるテレビもついているんですが、シャワーとお客様用ソファーセットとキッチンもついている 100,000 円の部屋から、もっと小さめの 20,000 円の部屋もあります。見学されますか。

M：一日 100,000 円ですか。すごいなあ…。まあ、<u>僕はテレビさえあればいいんです。共同のトイレや洗面台もそんなに遠くないし。これに決めます。</u>[3][4]〈 **關鍵句**

F：ええ。トイレまで歩くのも、運動ですからね。

□ 大部屋 大房間；大病房
□ 洗面台 洗手台
□ レンタル料【rental料】
　租用費，租金
□ 見学 參觀
□ 共同 共同；共用

男の人はどの部屋にしますか。

1　大部屋
2　二人部屋
3　三人部屋
4　個室

翻譯與解題

もんだい ❶

もんだい 2

もんだい 3

もんだい 4

もんだい 5

(3)

男士在醫院櫃臺一邊看電腦螢幕一邊聽説明。請問男士決定選哪種房型呢？

F ：請看螢幕來挑選您住院的房型。這種是多人房，可容納四到六人，不需支付床位費，公用的廁所、洗手台和冰箱都在病房外面。

M：呃，電視呢？

F ：電視不必支付租用費，而是買電視卡收看。我看看目前的床位……好，還有空床。

M：喔。

F ：接著，這種是每天3,000圓的三人房。病房裡雖然沒有廁所，但是有洗手台。雙人房則是8,000圓，裡面有廁所和洗手台，以及每人各自使用一台冰箱。

M：單人房包含那些設施呢？

F ：有幾種不同的房型。請看這裡的照片，單人房原則上都有廁所和洗手台，還可上網，也有電視，病房裡也有淋浴間和客用沙發茶几以及廚具，價格從100,000圓的房型到比較小間的20,000圓不等。您想參觀一下嗎？

M：每天100,000圓喔？好貴喔……。算了，我只要有電視就夠了，反正公用廁所和洗手台也不算遠，就挑這一種。

F ：好的。走去廁所也可以順便運動喔。

> ①④多人房的廁所和洗手台是共用的，但男士說這點沒有關係。

> ②③男士説：我只要有電視就夠了。而電視可以買電視卡收看。

> 因此，男士選擇了「大部屋（多人房）」。

Answer **1**

請問男士決定選哪種房型呢？

1　多人房

2　兩人房

3　三人房

4　單人房

4番

女の学生が男の学生と話しています。女の人はこれから何をしますか。

F：ふう。ずいぶん整理できたね。でも、こんなに紙を処分しなきゃならないなんて、もったいない。リサイクルもできないなんて。

M：まだまだあるよ。みんな個人情報が書かれているんだからしょうがないよ。

F：そうね。名前や住所、年齢。

M：それだけじゃないよ。学歴や収入まで書かれてる。もしこの情報が外に漏れようものなら大変だよ。明日回収だから今日中に全部箱の中の書類を分別した上で業者に出さないと。でも、とりあえず、夕飯に行こうよ。 < 關鍵句

F：ええー*。このままここを離れるなんて無理だよ。私、この箱ぐらいやっておくから、行ってきていいよ。 < 關鍵句

M：そうか。じゃ弁当でも買って、ここで食べるしかないか。俺、行ってくるよ。

□ 処分 丟掉；處理；處罰

□ 収入 收入

□ 漏れる 洩漏（秘密等）；漏出

□ 回収 回收

□ 分別 區別，分類

□ 業者 業者

女の人はこれから何をしますか。

1 リサイクル業者に連絡する
2 足りない書類を探す
3 弁当を買いに行く
4 書類の整理を続ける

翻譯與解題

もんだい ❶

もんだい 2

もんだい 3

もんだい 4

もんだい 5

(4)

女學生和男學生正在談話。請問女生接下來要做什麼呢？

F：呼，已經整理不少了。可是，這麼多紙張都要丟掉，好浪費喔。不能回收利用嗎？

M：還不只這些咧。紙上都寫著個人資料，所以不得不處理掉啊。

F：也對，例如姓名、住址和年齡。

M：不單是那些資料喔，連學歷和收入也都寫在上面。萬一這些資料外洩，那就糟糕了。明天就要來回收，所以今天之內必須把所有箱子裡面的文件分類完畢，才能交給相關業者。不過，我們先去吃個飯吧。

F：嗄？不能就這樣把東西扔在這裡跑掉啦！至少讓我把這個箱子整理完，你先去吃吧。

M：這樣啊，那我們只好買便當回來在這裡吃了。我去買便當囉！

①②男同學邀請女同學一起去吃晚飯，但是女同學拒絕了，並說她想要繼續整理。

------ Answer 4

請問女生接下來要做什麼呢？

1 聯絡回收業者

2 尋找缺少的文件

3 去買便當

4 繼續整理文件

選項1和選項2，關於聯絡回收業者和尋找缺少的文件，會話中都沒有提到。

選項3，要去買便當的是男同學。

（＊）嗄＝並非表達肯定意思的「ええ（嗯，對）」，相反的，「嗄」用在無法認同對方的話時，發音應將語尾上揚。

5番

テレビの料理番組で男の人と女の人が話しています。男の人は次に何をしますか。

F：この料理は、野菜が柔らかくなりすぎるとおいしくないんです。だから、今炒めたものを皿に移しておいて、肉に火が通ったらまたフライパンに戻して炒めるんです。 <關鍵句 [1]

M：わかりました。さっと炒めただけだから、色もいいし、シャキシャキ*してますね。

F：ええ。それにほら、しばらくおいといても、たっぷりの油で炒めてあるので冷めないでしょ。

M：で、こうして肉を炒めて、最後に調味料と混ぜるんですね。 <關鍵句 [2]

F：いえいえ、今ここで調味料を入れるんです。こうして。肉にね、たっぷり味が染みこむように。はい、味がつきましたね。 <關鍵句 [3]

M：なるほど。じゃ、ここでもう一度こちらをフライパンに戻すんですね。 <關鍵句 [4]

F：ええ。そうです。どうぞ、お願いします。 <關鍵句 [5]

□ 炒める 炒（菜、飯等）

□ フライパン【frypan】
　平底鍋；煎鍋

□ シャキシャキ （口感）
　清脆；俐落

□ 調味料 調味料

□ 染みこむ 滲入

男の人は次に何をしますか。

1 野菜を切る

2 肉を炒める

3 鍋に調味料を入れる

4 炒めた野菜をフライパンに戻す

翻譯與解題

もんだい ❶

もんだい 2

もんだい 3

もんだい 4

もんだい 5

(5)

男士和女士正在烹飪電視節目中交談。請問男士接下來要做什麼呢？

F：這道菜，如果蔬菜太軟爛就不好吃了，所以要把現在炒好的先盛到盤子裡，等到肉炒熟了以後，再把它倒回平底鍋裡一起炒。

M：好的。只是很快地炒一下，所以不但色澤漂亮，而且也保有清脆的口感。

F：是呀。而且你看，因為剛才用大量的油炒過了，就算擺一陣子也不會變涼喔。

M：所以，像這樣炒肉，最後再擱入調味料拌炒，對吧？

F：不不不，現在就要加調味料了。像這樣加進去。如此一來，才能讓肉充分入味。好，這樣就入味了。

M：原來如此，那，現在再一次把這邊的倒回平底鍋裡，對吧？

F：是呀，就是這樣。請倒進來吧。

> ①②③炒好的蔬菜先盛到盤子裡→用同一個平底鍋炒肉→加入調味料讓肉充分入味。到這裡為止，女士都是一邊向男士說明一邊進行動作。

> ④⑤對於男士說要再一次把蔬菜倒回平底鍋裡，女士回答「お願いします（請倒進來吧）」。

Answer 4

請問男士接下來要做什麼呢？

1　切蔬菜

2　炒肉

3　把調味料加入平底鍋

4　把炒好的蔬菜放回平底鍋

（＊）咔嚓咔嚓＝食物不太柔軟，咬起來很脆的樣子

6番

旅行会社で店員と客が話しています。客はどんな交通手段を選びましたか。

F：こちらの日は、あいにく連休前で大変混雑しています。今からですと、飛行機の運賃は、このようになっております。

M：ああ、これ、片道ですか。

F：はい。いちばんお安い料金でも、38,000円ですね。往復ですと76,000円です。　關鍵句

M：新幹線はどうですか。席はありますか。[1]　關鍵句

F：指定席は売り切れです。でも、グリーン車ならございます。あとは、自由席で乗っていただくか…。通常ですと、長距離バス[2]もあるんですが、直前ですととれるかどうか…。關鍵句

M：ただ、とれたとしても、万が一雪でも降って途中[3]で止まったり、關鍵句
動かなかったりしたら台無しですからね。かといって贅沢もで關鍵句
きないし、…いいや、早めに行って並ぶことにします。[6]關鍵句
[5]

□ 連休 連假
□ 混雑 擁擠；混雜
□ 片道 單程
□ 往復 往返，來回
□ グリーン車【green車】
　頭等車廂
□ 通常 通常，平常，普通
□ 台無し 弄壞，毀損，糟
　蹋，完蛋

客はどんな交通手段を選びましたか。

1　飛行機
2　新幹線
3　自動車
4　長距離バス

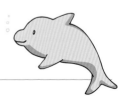

翻譯與解題

もんだい

❶

もんだい

2

もんだい

3

もんだい

4

もんだい

5

(6)

店員和顧客正在旅行社裡談話。請問顧客選擇了什麼樣的交通方式呢？

F：您出發的日期正巧是連假前一天，所以票很難訂。現在購票的話，機票是這個價格。

M：喔，這數字是單程嗎？

F：是的。最便宜的單程票也要38,000圓，來回票價則是76,000圓。

M：搭新幹線的話呢？還有空位嗎？

F：對號座已經賣完了，不過頭等車廂還有空位。另外，如果您願意搭乘自由座的話……。若是非旺季時段，還可以選擇搭乘長途巴士，但現在剩不到幾天就要出發了，不確定能不能訂得到……。

M：可是就算訂得到票，萬一下雪而半路停駛或動彈不得，那假期就泡湯了。話說回來，又不能太揮霍，……算了，我早點去排座位就好。

①在這裡轉變為新幹線的話題。

②⑤頭等車廂還有空位，但男士說不能太揮霍。

③④不確定能不能訂到長途巴士，男士又說擔心下雪。

⑥男士說為了搭乘新幹線的自由座，決定早點去排隊。

Answer **2**

請問顧客選擇了什麼樣的交通方式呢？

1 飛機

2 新幹線

3 汽車

4 長途巴士

N1 聴力模擬考題　問題1　第二回

問題1では、まず質問を聞いてください。それから話を聞いて、問題用紙の1から4の中から、最もよいものを一つ選んでください。

(1-10) 例　　【答案詳見：232頁】　　答え：① ② ③ ④

1　タクシーに乗る

2　飲み物を買う

3　パーティに行く

4　ケーキを作る

(1-11) 1番　　【答案跟解説：036頁】　　答え：① ② ③ ④

1　子どもが生まれた病院に行く

2　職場に健康保険証を取りに行く

3　子育て支援課で書類を出す

4　保険課で健康保険証を作る

(1-12) 2番　　【答案跟解説：038頁】　　答え：① ② ③ ④

1　食器を片付ける

2　料理をする

3　買い物に行く

4　買うものをメモする

模擬試題

もんだい ❶

もんだい 2

もんだい 3

もんだい 4

もんだい 5

(1-13) **3番** 【答案跟解説：040 頁】　　　答え：(1)(2)(3)(4)

1　Aの部屋

2　Bの部屋

3　Cの部屋

4　Dの部屋

(1-14) **4番** 【答案跟解説：042 頁】　　　答え：(1)(2)(3)(4)

1　荷造りをする

2　床屋へ行く

3　薬屋へ行く

4　役所に行く

(1-15) **5番** 【答案跟解説：044 頁】　　　答え：(1)(2)(3)(4)

1　子どもの転校のための書類を書く

2　体育着と運動靴を買う

3　帽子を買う

4　隣の町の靴屋に行く

(1-16) **6番** 【答案跟解説：046 頁】　　　答え：(1)(2)(3)(4)

1　水

2　缶詰

3　パンとごはん

4　ラジオ付き懐中電灯

問題1では、まず質問を聞いてください。それから話を聞いて、問題用紙の1から4の中から、最もよいものを一つ選んでください。

1番

市役所で男の人と女の人が話しています。男の人はこれから何をしなければなりませんか。

M：出生届を出したいんですけど。

F：失礼ですが、お子さんのお父さんですか。

M：はい。

F：おめでとうございます。母子手帳と、病院から出された、この用紙はお持ちですか。 ◁ **關鍵句**
　　①

M：はい。これですね。

F：はい。では、こちらの用紙にご記入ください。医療費の助成も受けられますか？　これは所得制限がなく、どなたでもお子さんが15歳になるまで医療費が免除になるという制度なのですが、子育て支援課に届 ◁ **關鍵句**
　　け出が必要です。また、児童手当を受けるのも申請がいります。
　　②

M：はい。書類はあります。子どもはまだ病院にいるのですが。

F：大丈夫です。健康保険証と、昨年の収入が証明できるもの、それに、
　　身分証明書と、印鑑が必要です。　　　　　　　　**關鍵句**

M：あ、仕事が変わったばかりなので保険証がまだ手元にないんです。職
　　場には届いているはずなのですが。保険課に行った方がいいですか。
　　　　　　　　　　　　　　　　　　　　　　　　　　　③

F：いえ、保険証はできてからでも大丈夫ですよ。書類の不備があっても ◁ **關鍵句**
　　　　　　　　　　　　　　　　　　　　　　　　　　④
　　支給は開始されます。ただ、近日中には提出していただかなければな
　　らないのですが。

M：わかりました。今日、申請していきます。 ◁ **關鍵句**
　　　　　　　　　　　　　　⑤

□ 出生届　出生證明
□ 医療費　醫療費
□ 助成　助成
□ 印鑑　印章
□ 保険証　健保卡
□ 支給　支付

男の人はこれから何をしなければなりませんか。

1　子どもが生まれた病院に行く

2　職場に健康保険証を取りに行く

3　子育て支援課で書類を出す

4　保険課で健康保険証を作る

翻譯與解題

もんだい ❶

もんだい 2

もんだい 3

もんだい 4

もんだい 5

第一大題。請先聽每小題的題目，接著聽完對話，再從答案卷上的選項 1 到 4 當中，選出最佳答案。

(1)

男士和女士正在市公所裡交談。請問男士接下來必須做什麼呢？

M：我想送交出生證明。

F：不好意思，請問您是小朋友的爸爸嗎？

M：我是。

F：恭喜！請問您帶了孕婦健康手冊，以及醫院開立的這種申請單嗎？

M：有，是這張嗎？

F：對。那麼，請填寫這張申請單。請問您也要申請醫療補助費嗎？這項補助制度沒有所得限制，只要孩子未滿15歲之前，所有的父母都可以享有這項免費醫療制度，但是要向育兒輔助科申請。此外，領取兒童補助金也需要提出申請。

M：是，相關文件都在這裡，不過小孩還在醫院。

F：一樣可以申請。辦理手續需要健保卡、去年的收入證明文件，還有身份證及印章。

M：啊，我剛換工作，所以手邊暫時沒有健保卡，不過新卡應該已經送到公司了。請問我是不是去一趟保險科比較好呢？

F：沒關係，等拿到健保卡再辦理就可以了。即使文件不齊全，也會先行開始支付。不過，一定要在近期內補交。

M：我明白了。今天就去申請。

③④對話中提到沒有健保卡也沒有關係。

①②⑤女士請男士填寫醫院開立的申請單，然後交到育兒輔助科。對於女士的要求，男士回答「今日、申請していきます（今天就去申請）」。

Answer **3**

請問男士接下來必須做什麼呢？

1　去孩子出生的醫院

2　去公司領健保卡

3　向育兒輔助科提交文件

4　到保險科製作健保卡

2番
ばん

男の人と女の人が引っ越しの荷物を片付けています。女の人はこれ
から何をしますか。

F：あとは、テーブルと椅子が入ったら終わりね。私、食器を片付 ──關鍵句
　　けるね。そろそろ食事の時間だから。

M：①ちょっと待って。その前に、カーペットを敷いておかないと。 ──關鍵句

F：それは、まだ届いてないよ。注文したのは昨日の夕方だもん。②
　　明日になるんじゃない。

M：ええっ、テーブルや棚を置いちゃった後だと、敷くの大変だよ。
　　僕が車でもらってくるよ。大きい荷物が来る前に。 關鍵句

F：それなら私が行くわよ。ほら、買い物もしたいし。③

M：君が行くと長くなるから、買ってくるもの書いてよ。僕がつい ──關鍵句
　　でにすませるから。④

F：そう。わかった。

□ カーペット【carpet】
　地毯
□ 敷く　鋪設

女の人はこれから何をしますか。

1　食器を片付ける
2　料理をする
3　買い物に行く
4　買うものをメモする

翻譯與解題

もんだい ❶

もんだい 2

もんだい 3

もんだい 4

もんだい 5

(2)

男士和女士正在整理搬家的行李。請問女士接下來要做什麼呢？

Ｆ：只剩下把桌子和椅子搬進來就結束了。我去整理碗盤囉，差不多該吃飯了。

Ｍ：等一下，要先鋪地毯才行！

Ｆ：地毯還沒送來呀。昨天傍晚才訂的嘛，大概明天才會到貨吧。

Ｍ：什麼！如果桌子和櫃子先就定位了才要鋪，會很辛苦地！趁大型家具送來之前，我開車去拿回來吧。

③男士要開車去把地毯拿回來。

Ｆ：那就我去吧。反正還得去買菜。

Ｍ：妳出門會耽擱太多時間，把要買的東西寫給我，我順便買回來。

Ｆ：哦，好吧。

④男士向女士説「買ってくるものを書いて(把要買的東西寫給我)」。因此，女士接下來要做的事是選項4「買うものをメモする(把要買的東西記下來)」。

Answer 4

請問女士接下來要做什麼呢？

1 整理碗盤

2 做飯

3 去買菜

4 把要買的東西記下來

選項1，對於女士説要整理碗盤，男士回答「ちょっと待って（等一下）」。

選項2，對話中沒有提到要做飯。

選項3，關於買東西，男士説他會「ついでにすませる（順便買回來）」。

3番

不動産会社で女の人が店員と話しています。女の人はどの部屋を見に行きますか。

M：こちらのAのお部屋は建てられてから10年未満です。駅からは少し遠いですが、静かでいいですよ。もう少し駅に近い所だと、こちらのBは、30年前にできたマンションですが中はきれいです。徒歩20分ですね。 關鍵句

F：ああ、この新しい部屋はバスなんですね。駅から…うーん。 關鍵句

M：駅の近くは、他に、…ああ、このCは、徒歩5分でエレベーターなしの5階。できたのは40年前ですけど、まあ部屋の中はきれいになってます。 關鍵句

F：あれ？ このマンションって、3階も空いてるんですか。

M：ええ、ちょっと狭いですし、実はまだ居住中なんですよ。

F：ああ、今月中には引っ越したいから、じゃ、そこはだめですね。

M：駅から少し遠いんですけど、15分ぐらい歩けば、こんな部屋もありますよ。このDです。そんなに古くないです。ただ、1階なので、ちょっと日当たりがよくないんですけどね。こちら、ご覧になりますか。 關鍵句

F：いえ、駅の近くを見たいです。この部屋、見せていただけますか。

□ 不動産会社 房地產公司
□ 徒歩 步行・徒步
□ 日当たり 採光・向陽

女の人はどの部屋にしますか。

1 Aの部屋

2 Bの部屋

3 Cの部屋

4 Dの部屋

翻譯與解題

もんだい ❶

もんだい 2

もんだい 3

もんだい 4

もんだい 5

(3)

女士和店員正在房仲公司交談。請問女士會去參觀哪個物件呢？

M：這個 A 物件的屋齡還不到 10 年，雖然離車站稍微遠了一點，但是環境清幽，很不錯喔。如果要找和車站近一點的，像這個 B 物件，雖然屋齡超過 30 年，但是室內屋況新穎，從車站走 20 分鐘就到了。

F：喔，這間比較新的房子從車站回去要搭巴士吧……讓我想想。

M：如果要找車站附近的，其他還有……對了，這個 C 物件從車站走路 5 分鐘到，位在五樓，沒有電梯，屋齡超過 40 年，不過室內屋況很好。

F：咦？這棟華廈的 3 樓也是空屋嗎？

M：這個嘛，那個物件有點小，而且其實裡面的住戶還沒搬走。

F：是哦，我想在這個月之內搬過來。那，這裡就不行了。

M：假如可以接受離車站遠一點點，大約走 15 分鐘左右，還有像這樣的物件。就是這個 D。屋齡沒有那麼老舊，不過，由於位在一樓，日照稍微差了一些。您想參觀這個物件嗎？

F：不了，我想看車站附近的。這間房子可以讓我看一下嗎？

> 這幾間房子與車站的距離比較如下：
>
> ① B 物件步行到車站要 20 分鐘。
>
> ② A 物件到車站必須搭巴士。
>
> ③ C 物件步行到車站要 5 分鐘。
>
> ④ D 物件步行到車站要 15 分鐘。
>
> 因此，女士要看的是 C 物件的房子。

> ⑤女士說想看車站附近的房子。

---------- Answer 3

請問女士會去參觀哪個物件呢？

1　　A 物件

2　　B 物件

3　　C 物件

4　　D 物件

4番

<ruby>女<rt>おんな</rt></ruby>の<ruby>学生<rt>がくせい</rt></ruby>が<ruby>男<rt>おとこ</rt></ruby>の<ruby>学生<rt>がくせい</rt></ruby>と<ruby>話<rt>はな</rt></ruby>しています。<ruby>男<rt>おとこ</rt></ruby>の<ruby>人<rt>ひと</rt></ruby>はこれから<ruby>何<rt>なに</rt></ruby>をしますか。

F：<ruby>明日<rt>あした</rt></ruby>、<ruby>出発<rt>しゅっぱつ</rt></ruby>だよね。

M：うん。<ruby>荷物<rt>にもつ</rt></ruby>は<ruby>全部自分<rt>ぜんぶじぶん</rt></ruby>で<ruby>持<rt>も</rt></ruby>っていくし、<ruby>区役所<rt>くやくしょ</rt></ruby>にも<ruby>行<rt>い</rt></ruby>ったし、<ruby>準備<rt>じゅんび</rt></ruby>はできてるよ。　〈關鍵句①

F：<ruby>本当<rt>ほんとう</rt></ruby>？　<ruby>私<rt>わたし</rt></ruby>の<ruby>時<rt>とき</rt></ruby>はめちゃくちゃ<ruby>忙<rt>いそが</rt></ruby>しかったよ。<ruby>電気<rt>でんき</rt></ruby>や<ruby>水道<rt>すいどう</rt></ruby>、それに<ruby>ガス<rt></rt></ruby>と<ruby>電話<rt>でんわ</rt></ruby>を<ruby>止<rt>と</rt></ruby>める<ruby>手続<rt>てつづ</rt></ruby>きとか、<ruby>図書館<rt>としょかん</rt></ruby>に<ruby>借<rt>か</rt></ruby>りていた<ruby>本<rt>ほん</rt></ruby>やDVDを<ruby>返<rt>かえ</rt></ruby>したりとか、それと、<ruby>持<rt>も</rt></ruby>って<ruby>行<rt>い</rt></ruby>く<ruby>本<rt>ほん</rt></ruby>を<ruby>買<rt>か</rt></ruby>い<ruby>込<rt>こ</rt></ruby>んだりね。

M：それだけじゃないんじゃない？　<ruby>食<rt>た</rt></ruby>べ<ruby>物<rt>もの</rt></ruby>もずいぶん<ruby>買<rt>か</rt></ruby>ってたよね。

F：そうそう。ラーメンとか、お<ruby>菓子<rt>かし</rt></ruby>とか、お<ruby>米<rt>こめ</rt></ruby>まで。あっちでどれぐらいのものが<ruby>手<rt>て</rt></ruby>に<ruby>入<rt>はい</rt></ruby>るかわからなかったから、<ruby>生<rt>なま</rt></ruby>もの<ruby>以外<rt>いがい</rt></ruby>はなんでも<ruby>持<rt>も</rt></ruby>って<ruby>行<rt>い</rt></ruby>こうとして<ruby>買<rt>か</rt></ruby>ったんだけど、<ruby>結局<rt>けっきょく</rt></ruby>は<ruby>缶詰<rt>かんづめ</rt></ruby>とカレーと、カップ<ruby>麺<rt>めん</rt></ruby>ぐらいしか<ruby>持<rt>も</rt></ruby>って<ruby>行<rt>い</rt></ruby>かなかったんだ。あと、<ruby>薬<rt>くすり</rt></ruby>ね。

M：まあ、<ruby>虫<rt>むし</rt></ruby>よけとか、かゆみ<ruby>止<rt>ど</rt></ruby>めとか<ruby>頭痛薬<rt>ずつうやく</rt></ruby>は<ruby>持<rt>も</rt></ruby>って<ruby>行<rt>い</rt></ruby>くか。

F：そう。じゃ<ruby>薬屋<rt>くすりや</rt></ruby>に<ruby>行<rt>い</rt></ruby>く？

M：それぐらいは、<ruby>用意<rt>ようい</rt></ruby>してるよ。それより、<ruby>頭<rt>あたま</rt></ruby>をさっぱりしたいんだ。<ruby>短<rt>みじか</rt></ruby>くして、<ruby>当分<rt>とうぶん</rt></ruby><ruby>切<rt>き</rt></ruby>らなくてもいいようにしたい。　〈關鍵句②

F：ああ、それがいいよ。

□ めちゃくちゃ　亂七八糟
□ <ruby>買<rt>か</rt></ruby>い<ruby>込<rt>こ</rt></ruby>む　（大量）買進，購買
□ <ruby>生<rt>なま</rt></ruby>もの　生鮮
□ <ruby>虫<rt>むし</rt></ruby>よけ　防蚊液
□ さっぱり　清爽，俐落

<ruby>男<rt>おとこ</rt></ruby>の<ruby>人<rt>ひと</rt></ruby>はこれから<ruby>何<rt>なに</rt></ruby>をしますか。

1　<ruby>荷造<rt>にづく</rt></ruby>りをする
2　<ruby>床屋<rt>とこや</rt></ruby>へ<ruby>行<rt>い</rt></ruby>く
3　<ruby>薬屋<rt>くすりや</rt></ruby>へ<ruby>行<rt>い</rt></ruby>く
4　<ruby>役所<rt>やくしょ</rt></ruby>に<ruby>行<rt>い</rt></ruby>く

翻譯與解題

もんだい ❶

もんだい 2

もんだい 3

もんだい 4

もんだい 5

(4)

女學生和男學生正在聊天。請問男學生接下來要做什麼呢？

F：明天就要出發了吧？

M：嗯。所有的行李都是自己帶走，區公所也去過了，全都準備好囉。

①男學生說所有的行李都是自己帶走。區公所也去過了。

F：真的嗎？我那時候忙得昏頭轉向地。不但要辦理水電瓦斯和電話的停用手續，還要歸還向圖書館借閱的書和DVD，另外，也得買要帶去的書之類的。

M：還不止那些事吧？妳那時不是還買了很多食物嗎？

F：對對對！我還買了速食麵啦、餅乾啦，連米都買了。因為不曉得那邊能夠買到哪些東西，想說除了生鮮食物以外，統統都買好帶過去，結果到最後只能帶走罐頭、咖哩塊和杯麵之類的。對了，還帶了藥！

M：也對，那我再帶些防蚊蠅蟲子的藥、止癢藥，還有頭痛藥吧。

F：一定要帶。那，要去藥局一趟嗎？

M：那些常備藥早就準備好了。更重要的是，我想理個清爽的髮型。把頭髮剃得短短的，可以撐上一陣子不必理髮也無所謂。

②男學生說藥早就準備好了，並說想去理髮店剪個清爽的髮型。

F：對哦，那樣比較好喔。

Answer 2

請問男學生接下來要做什麼呢？

1　打包行李

2　去理髮廳

3　去藥局

4　去區公所

綜上所述，選項2「床屋へ行く（去理髮廳）」是正確答案。

5番
_{ばん}

学校で、先生と母親が話しています。母親はこれから何をしますか。

F：これからどうぞよろしくお願いします。

M：きっと、転校したばかりで緊張していると思います。早く友達
　　ができるといいですね。

F：先生、体育着とか運動靴は…。

M：それは、今まで使っていたものをそのままお使いになって結構
　　です。もったいないですから。ただ、帽子だけはご購入ください。
　　この門を出て、右に行ったところにある文房具店で売っていま
　　す。　關鍵句

F：わかりました。帰りに行きます。体育着も運動靴もそこにある
　　でしょうか。少しきつくなってきたので、すぐじゃなくても
　　買った方がよさそうなので。①

M：いえ、それはまた別の店です。隣の町の靴屋さんなんですけど、 關鍵句
　　他の書類と一緒に、地図を入れて、今日、お子さんにお渡しし 關鍵句
　　ます。③

F：ありがとうございます。

□ 転校 轉學
_{てんこう}

□ もったいない 浪費

□ 購入 購買
_{こうにゅう}

□ 文房具店 文具店
_{ぶんぼうぐてん}

女の人は次に何をしますか。
_{おんな ひと つぎ なに}

1　子どもの転校のための書類を書く

2　体育着と運動靴を買う

3　帽子を買う

4　隣の町の靴屋に行く

翻譯與解題

もんだい ❶

もんだい 2

もんだい 3

もんだい 4

もんだい 5

(5)

老師和學生的媽媽正在學校裡交談。請問學生的媽媽接下來要做什麼呢？

F：以後麻煩老師多多照顧。

M：我想，剛剛轉學，一定很緊張。希望他能盡快交到朋友。

F：老師，請問體育服和運動鞋……？

M：穿以前的就可以了，買新的太浪費了。不過，校帽倒是需要購買。從大門出去右轉有家文具店，那裡就買得到了。

F：好的，回去時會去買。請問那裡也賣體育服和運動鞋嗎？現在的有點緊，或許過陣子還是得重買一套。

M：那裡沒有，要到其他地方才買得到。隔壁鎮有家鞋店，我今天會把那裡的地圖連同其他文件放進袋子裡，一起交給貴子弟。

F：謝謝老師。

> ①女士説回去時會去買校帽。

> ②③因為體育服和運動鞋要到其他地方才買得到，老師説今天會把那裡的地圖交給小朋友。

Answer 3

請問學生的媽媽接下來要做什麼呢？

1　填寫孩子轉學的文件

2　買體育服和運動鞋

3　買校帽

4　去隔壁鎮的鞋店

> 選項1，對話中沒有提到轉學的文件。

> 女士接下來要做的事是選項3「帽子を買う（買校帽）」。

> 選項4，女士目前還不打算去鞋店。

6番

男の人と女の人がカタログを見ながら話しています。二人は何を注文しますか。

F：これ、災害が起こった時のために必要なものなんだけど、全部そろえたら重くて持てないんじゃない？

M：家に置いておくものと、持ち出すものと分けて考えようよ。家にあるものもあるし。まず水だね。

F：一日に一人3リットル必要だっていうから、3日分だとペットボトルあと2本。これは私がスーパーで買ってくるよ。 ＜關鍵句

M：うん。保存食は缶詰ぐらいしかないな。5年食べられるパンか… ＜關鍵句 これも買っておこうよ。

F：お湯を入れるだけで食べられるごはんもいるんじゃない？ ＜關鍵句 [1]

M：そうだね。あと、ここに大きく書いてあるラジオ付き懐中電灯は？ [3]

F：懐中電灯もラジオも小さいのが前から家にあるよ。 ＜關鍵句 [4]

M：じゃ、これはいいか。それなら、今はとりあえず…。

□ カタログ【catalogue】
商品目録
□ 災害 災害，天災
□ 持ち出す 帶出去，拿出去
□ 分ける 分開；區分
□ リットル【（法）litre】
公升
□ 保存食 可以長期保存的食物，乾貨

二人は何を注文しますか。

1 水
2 缶詰
3 パンとごはん
4 ラジオ付き懐中電灯

翻譯與解題

もんだい ①

もんだい 2

もんだい 3

もんだい 4

もんだい 5

(6)

男人和女人一面看型錄一面討論。請問他們要訂購哪些東西呢?

F：這些雖然是發生災害時的必備物品，可是如果全都要帶，不就重得拿不動了嗎?

M：我們把要放在家裡的，以及要隨身攜帶的分開列表吧。何況有些東西家裡本來就有了。首先該準備的是水吧。

F：這上面說，每人每天需要三公升，所以三天份的話，還需要兩支保特瓶的水。這個我去超市買就好。

M：嗯。適合長期保存的食物，大概只有罐頭之類的。這裡有保存期限是五年的麵包……我看，這個也買了吧！

F：應該還需要只沖熱水就可以吃的米飯吧?

M：有道理。另外，這邊用大字標注的具有收音機功能的手電筒呢?

F：小型的手電筒和收音機家裡本來就有了。

M：那，這個就不用了吧。這樣的話，目前先買這些……。

> ①女士說，水去超市買就好。

> ②③對話中提到要買可以保存五年的麵包和只沖熱水就可以吃的米飯。

> ④手電筒和收音機家裡本來就有了。

------ Answer **3**

請問他們要訂購哪些東西呢?

1 水
2 罐頭
3 麵包和米飯
4 具有收音機功能的手電筒

> 因此，需要購買的是選項3「パンとごはん（麵包和米飯）」。

> 選項4，因為已經有手電筒和收音機了，所以不需要購買。

N1 聴力模擬考題　問題1　第三回 (1-17)

問題1では、まず質問を聞いてください。それから話を聞いて、問題用紙の1から4の中から、最もよいものを一つ選んでください。

(1-18) **例**　【答案詳見：232頁】　答え：① ② ③ ④

1　タクシーに乗る
2　飲み物を買う
3　パーティに行く
4　ケーキを作る

(1-19) **1番**　【答案跟解説：050頁】　答え：① ② ③ ④

1　金融の仕事をする
2　男の学生と結婚する
3　大学院に行く
4　日本酒を造る仕事をする

(1-20) **2番**　【答案跟解説：052頁】　答え：① ② ③ ④

1　病院に行く
2　出張に行く
3　まっすぐ家に帰る
4　スポーツクラブに行く

模擬試題

もんだい ❶

もんだい 2

もんだい 3

もんだい 4

もんだい 5

🎧（1-21）**3番** 【答案跟解説：054 頁】　　答え：① ② ③ ④

1 机と椅子

2 机とベッド

3 机

4 机と収納ボックス

🎧（1-22）**4番** 【答案跟解説：056 頁】　　答え：① ② ③ ④

1 歯医者に行っく

2 薬屋に行く

3 病院に行く

4 ボランティアに行く

🎧（1-23）**5番** 【答案跟解説：058 頁】　　答え：① ② ③ ④

1 帰国する準備をする

2 大学に出す書類をそろえる

3 留学試験のための勉強をする

4 大学について調べる

🎧（1-24）**6番** 【答案跟解説：060 頁】　　答え：① ② ③ ④

1 黄色

2 ピンク

3 オレンジ

4 赤

問題1では、まず質問を聞いてください。それから話を聞いて、問題用紙の1から4の中から、最もよいものを一つ選んでください。

1番

大学で、男の学生と女の学生が話しています。女の学生は来年、何をしますか。

F：いよいよ卒業だね。

M：うん。四年間、あっと言う間だったね。

F：田中君は国に帰るんだってね。 ┤關鍵句

M：うん。<u>こっちに残って金融の仕事をしたくて、一社は決まりか</u> ①
　　けてたんだけど、実家もいろいろ大変みたいでさ。兄も東京だ
　　し。だから、僕が家業を継ぐことにしたんだ。

F：えらいわね。<u>私はもう少し学生を続けることになりそう。</u> ┤關鍵句 ②

M：聞いたよ。<u>大学院、合格したんだってね。</u>おめでとう。 ┤關鍵句

F：ありがとう。それでね。私の研究テーマって、日本の酒造りに ③
　　ついてなの。だから来年…。

M：ああ、もちろん。親父も大歓迎するはずだよ。<u>小さい蔵*だけど、</u> ┤關鍵句
　　<u>うちで造ってるのはなかなか人気があるんだ。</u>

F：心強いわ。調査の内容が決まったら、連絡するね。 ④

□ 金融　金融
□ 家業　家業，家裡的工作
□ 酒造り　醸酒
□ 蔵　倉庫
□ 心強い　因為有可依靠的
　　對象而感到安心；有信
　　心，有把握
□ 調査　調査

女の人は卒業後に何をするつもりですか。

1　金融の仕事をする
2　男の学生と結婚する
3　大学院に行く
4　日本酒を造る仕事をする

翻譯與解題

もんだい ❶

もんだい 2

もんだい 3

もんだい 4

もんだい 5

第一大題。請先聽每小題的題目，接著聽完對話，再從答案卷上
的選項 1 到 4 當中，選出最佳答案。

（1）

男學生和女學生正在大學校園裡聊天。請問女學生
明年有什麼打算呢？

Ｆ：終於要畢業囉！

Ｍ：嗯，四年的時間，一眨眼就過去了。

Ｆ：田中，你說過要回故鄉吧？

Ｍ：嗯，我本來想留在這裡從事金融業，而且有一
　　家公司已經進入最後錄取階段了，可是老家似
　　乎經營得很辛苦，而我哥哥也待在東京，所以
　　決定由我回去繼承家業。

①男學生說原本想從
事金融業。

Ｆ：你真了不起！我或許還能再當個幾年學生。

Ｍ：聽說囉！妳考上研究所了吧？恭喜！

②③女學生說要到研
究所繼續念書。

Ｆ：謝謝。有件事想順便麻煩你，我的研究主題想
　　探討日本的釀酒廠，所以明年……？

Ｍ：喔，當然沒問題！老爸一定也很歡迎妳去。我
　　家雖然只是一間小小的釀酒廠，但是釀出來的
　　酒蠻受歡迎的喔！

④男學生的家業是經
營釀酒廠。

Ｆ：那我就放心了！等我的研究內容確定了以後，
　　再跟你聯絡囉！

Answer 3

請問女學生明年有什麼打算呢？

1　從事金融業

2　和男學生結婚

3　去讀研究所

4　從事日本酒釀造

選項 2，對話中完全
沒提到結婚的事。

（＊）窖＝這裡指的釀造日本酒的酒窖。

2番

家で男の人と女の人が話しています。男の人は今日、仕事の後でどこへ行きますか。

M：僕、顔色悪くない？最近、なんか胃がもたれるんだよね。

F：食べ過ぎ飲み過ぎが続いているもん。しょうがないよ。出張も多いし。

M：そんなことないよ。昨日だって早く帰ってきて、12時には寝てたし。

F：そうね。酔っぱらって帰ってきて、ラーメン二杯食べてからね。もう*、せっかくスポーツクラブに通い始めたのに、その後飲みに行くからかえってお腹が出てきたみたいよ。

M：いや、昨日はたまたま、前にうちの会社で働いていた植田君に会って、家が近くだからって誘われちゃってさ。そういえば、植田君にも顔色よくないって言われたんだよ。

F：じゃ、今日は帰りに内科へ行かないとね。田口医院、予約しておこうか。 ◁ 關鍵句
　　①

M：えっ、まあ、まず、もう少しまじめにスポーツクラブへ行ってみて、病院はそれからにしたほうがいいんじゃないかな。 ◁ 關鍵句
　　　　　　　　　　　　　　　　　　　　　　　　　　②

F：わかった、わかった。でも夕飯は家で食べてね。

M：もちろん。

□ 胃がもたれる 消化不良，胃脹
□ 酔っ払う 醉酒，喝醉
□ スポーツクラブ【sports club】 健身房，運動俱樂部
□ 内科 内科

男の人は今日、仕事の後でどこへ行きますか。

1　病院に行く

2　出張に行く

3　まっすぐ家に帰る

4　スポーツクラブに行く

翻譯與解題

もんだい **1**

もんだい 2

もんだい 3

もんだい 4

もんだい 5

(2)

男士和女士正在家裡聊天。請問男士今天下班後要去哪裡呢？

M：我氣色不太好嗎？最近覺得有點消化不良。

F：因為天天暴飲暴食嘛！沒辦法，這陣子常常出差呀。

M：才沒有哩！昨天也是早早回來，十二點就睡了啊。

F：是啊，喝得醉醺醺的回來，還吃了兩碗泡麵呢。真是的，好不容易才開始上健身房，結果運動完還跑去喝酒，肚子反而變得更大了。

M：沒啦，昨天是因為湊巧遇到之前在我們公司上班的植田，他說就住在附近，邀我去坐一坐。對了，植田也說我氣色看起來不太好喔。

F：那，今天下班後要去一趟內科才行！我幫你向田口診所預約掛號吧？

M：嘎？呃，我想，暫時先認真上健身房，萬一沒有改善，再去看病就好了吧。

F：好啦好啦，不過晚飯要回家吃喔！

M：那當然！

> ①②對於女士說要向診所預約掛號，男士表示先上健身房一段時間，再觀察成效如何。

Answer **4**

請問男士今天下班後要去哪裡呢？

1 去醫院

2 去出差

3 直接回家

4 去健身房

（＊）真是的＝這裡的意思不是「已經」，而是厭煩的時候用來表達「ほんとにしょうがないんだから（真拿你沒辦法）」的意思。例句：「もう、あなたなんか嫌い！（真是的，我討厭你！）」

> 選項２，雖然對話中提到經常出差，但並沒有說接下來要出差。

> 選項３，回家之前要先去健身房。

3番

家具屋で店員と男の人が話しています。男の人は何を買いますか。

F：いらっしゃいませ。お子さんの机をお探しですか。 <関鍵句 [1]

M：ええ。今度小学校に入るんですけど、どんなのがいいのかなと <関鍵句
　　思って。 [2]

F：最近はたんすやベッドなどと一体になった机をお求めになるご
　　家庭も多いですね。

M：家が狭いんで、ベッドはちょっと。 関鍵句 [3]

F：それですと、この、リビングにちょっと置けるタイプもあります。
　　引き出しなどはついていないんですが。

M：一応子供部屋におきたいんです。

F：それでしたら、こちらのタイプはいかがでしょう。パソコンをし
　　まうスペースなどもついているので、大人になっても使えます。

M：ああ、いいですね。落ち着いていて。

F：椅子は別になりますが。女のお子さんですか。

M：ええ。

F：それでしたら、椅子や、机の下のスペースに置く収納ボックス
　　をかわいい模様にされるといいですね。

M：そうですね。じゃ、とりあえずこれにします。収納ボックスは <関鍵句
　　また後で娘を連れて来て選ばせますよ。椅子はサイズもみない <関鍵句
　　といけないし。 [4] [5]

F：かしこまりました。ありがとうございます。

□ 家具屋 家具店

□ スペース【space】 空
　間，空白

□ 落ち着く 穏重；調和

□ 収納 収納

男の人は今、何を買いますか。

1　机と椅子

2　机とベッド

3　机

4　机と収納ボックス

○●○

翻譯與解題

もんだい ❶

もんだい 2

もんだい 3

もんだい 4

もんだい 5

(3)

店員和男士正在家具店裡交談。請問男士要買什麼呢？

F：歡迎光臨！請問您要找兒童桌嗎？

M：對，她要上小學了，正在找什麼樣的比較好。　　①②男士來選購小孩的書桌。

F：最近有很多爸媽會幫小孩挑選這種和衣櫥、床鋪一體成形的書桌。

M：我家很小，床鋪恐怕擺不下。　　③因為家裡太狹窄，所以不買床。

F：這樣的話，還有可以放在客廳裡的小型款式。只是這一款沒有附抽屜。

M：我希望擺在兒童房裡。

F：那麼，像這樣的款式您喜歡嗎？這種還保留了收納電腦的空間，所以長大以後可以繼續使用。

M：喔，這個好，穩重又大方。

F：椅子需要另外選購。請問是女孩嗎？

M：對。

F：這樣的話，擺在椅子和桌子下方空間的收納箱，可以選一些圖案可愛的喔！　　④收納箱要之後再帶小孩自己來選。

M：有道理。那，暫時先決定這樣，收納箱我再帶女兒過來讓她自己挑。而且椅子也得本人試坐才能決定尺寸。　　⑤要先確認椅子的尺寸，之後再購買。

F：了解，感謝您的選購！

　　綜合上述，男士購買的只有書桌。

Answer 3

請問男士要買什麼呢？

1　書桌和椅子

2　書桌和床

3　書桌

4　書桌和收納箱

4番

息子と母親が話しています。息子はこれから何をしますか。

M：ちょっと出かけてくるよ。

F：ねえ、これ明日持っていく荷物でしょ。ずいぶん小さいけど、これで足りるの？

M：じゅうぶんだよ。一週間だけなんだから。ちょっと歯医者に行ってくる。今日で治療終わりなんだ。 ［1］なんにちぶんはい

F：着るものは何日分入っているの？

M：1日分。下着は1枚。あっちで洗濯できるし、すぐ乾くよ。旅行に行くわけじゃないんだし、だいたいボランティアに行くのに余計なものを持って行ったってじゃまなだけだから。

F：髭剃りや歯磨きは？

M：歯磨きは持ったよ。さっき薬屋へ行って買ってきた。髭剃りは必要ならあっちで買うけど、そってる暇なんてなさそうだから。 ［2］

F：それはそうね。向こうで自分が助けられる側にならないように気をつけなさいよ。

M：もちろん。だから、今、行ってくるんだよ。いざという時＊のために痛み止めさえ持っていけばいいんだけどね。

F：そんなのだめよ。いってらっしゃい。

関鍵句（×2）

□ 治療 治療
□ ボランティア【volunteer】 志工・志願軍
□ 髭剃り 刮鬍刀
□ 歯磨き 牙刷；牙膏
□ いざ 一旦
□ 痛み止め 止痛藥

息子は今日、これから何をしますか。

1 歯医者に行っく
2 薬屋に行く
3 病院に行く
4 ボランティアに行く

翻譯與解題

もんだい ❶

もんだい 2

もんだい 3

もんだい 4

もんだい 5

(4)

兒子和媽媽正在談話。請問兒子接下來要做什麼呢?

M:我出去一下喔。

F :我問你,這是明天要帶出門的行李吧?就這麼小小一包,夠嗎?

M:夠了啦,只去一個星期而已。我先去一趟牙科,今天是最後一次療程了。

F :換洗衣物帶了幾套?

M:一套。內衣帶一件。那邊可以洗衣服,一下子就乾了。又不是去旅遊,而是去當義工,多帶東西只是累贅罷了。

F :刮鬍刀和牙刷呢?

M:牙刷帶囉,剛才去藥房買了。刮鬍刀需要的話到那邊再買,不過大概沒時間刮鬍子吧。

F :説得也是。到那邊凡事小心,可別幫不成別人,反倒自己需要幫助了。

M:那當然,所以我現在才要出門一趟嘛。只要帶著止痛藥,萬一到時候牙疼了也可以止痛。

F :那可千萬不行!路上小心。

> ①兒子説現在要去一趟牙科。

> ②兒子剛才去藥房買了牙刷。

- Answer 1

請問兒子今天接下來要做什麼呢?

1 去牙科

2 去藥房

3 去醫院

4 去當志工

> 選項 3,不是去醫院,是去牙科診所。

> 選項 4,去當志工是從明天開始一個星期。

(*)緊急時刻=萬一到最後迫不得已的時候。這裡指的是萬一到時候牙疼了。

5番

先生と留学生が話しています。留学生はこれからまず何をしますか。

F：チンさんは、卒業後にどうするか決めましたか。

M：私は、もともと帰国するつもりだったんですが、日本語を勉強すればするほど楽しくなってきて、今は進学を考えているんです。夏休みには帰国して両親に話すつもりです。**關鍵句**

F：そうですか。大学へ行くためにはいろいろな書類の準備をしなければなりませんよ。高校の卒業証明書や成績証明書、推薦書なども必要です。

M：いろいろいるんですね。今から準備します。

F：12月の留学試験は受けていますか。

M：はい。でもあまりいい点数ではなかったので、6月にもまた受けます。**關鍵句**

F：そうですか。ではひとまず留学試験に集中しましょう。あと2ヶ月ですからね。書類は留学試験が終わり次第、用意を始めてください。帰国してからでは間に合わないかもしれませんから。**關鍵句**

M：はい、わかりました。

□ 進学 升學
□ 卒業証明書 畢業證明書；畢業證書
□ 推薦書 推薦函
□ 点数 分數

留学生はこれからまず、何をしますか。

1　帰国する準備をする
2　大学に出す書類をそろえる
3　留学試験のための勉強をする
4　大学について調べる

翻譯與解題

もんだい ❶

もんだい 2

もんだい 3

もんだい 4

もんだい 5

(5)

老師和留學生正在談話。請問留學生接下來要做什麼呢？

Ｆ：陳同學已經決定畢業以後要做什麼了嗎？

Ｍ：我本來打算回國，可是對日文的興趣愈來愈濃厚，正在考慮繼續進修。我想等到暑假回國後和父母商量。

> ①陳同學打算等暑假回國後和父母商量留學的事。

Ｆ：這樣啊。要進入大學，必須準備很多資料才行喔，例如需要高中畢業證書、成績單，以及推薦函等等。

Ｍ：真的需要很多東西呢。我現在就開始準備。

Ｆ：十二月的留學考試，參加了嗎？

Ｍ：參加了，但是成績不太好，所以六月會再考一次。

> ②③目前先專心準備六月的留學考試。

Ｆ：這樣呀，那麼先專心準備留學考試吧，只剩下兩個月了。那些資料請等到留學考試結束之後，再開始彙整。等到回國以後才準備應考，恐怕來不及。

> ④等留學考試結束後，再開始準備資料。

Ｍ：好，我知道了。

> 因此，這位留學生打算先專心準備留學考試。

Answer **3**

請問留學生接下來要做什麼呢？

1 為回國做準備

2 準備提交到大學的資料

3 為留學考試用功

4 針對大學進行調查

6番

店員と男の人が話しています。男の人はリビングのカーテンをどんな色にしますか。

F：リビングには緑色を使う方が多いですね。リビングだけでなく、落ち着く場所、休む場所にはよく使われます。

M：でも、暗くなりませんか。　◁関鍵句

F：そうなんです。あまり濃すぎると、気持ちが沈んでしまうかもしれません。薄ければそんなことはないと思いますが、ちょっと黄色に近くなりますね。 [1]

M：黄色は明るいですよね。落ち着くって感じじゃないけど。◁関鍵句 [2]

F：薄い黄色なら、茶色や緑など他の色と合わせるといいかもしれませんね。ただ、会話がはずんだり、食欲がわく色は赤系統で、ピンクやオレンジが好まれるんです。特に薄いピンクには ◁関鍵句 攻撃性を抑えて、若々しさや美しさを引き出す働きもあります。 [3]

M：うちは娘が二人なので、それがいいかな。うん。決めました。◁関鍵句 同じ系統だけど、はっきりした赤は攻撃性を強めそうでなんとなく落ち着かない。不思議なものですね。 [4]

F：そうですね。赤だと食欲はわくんですけどね。

□ 沈む　心情鬱悶；下沉
□ 食欲　食欲
□ 系統　系統
□ 好む　喜歡
□ 攻撃性　攻撃性
□ 抑える　壓制；制止
□ 引き出す　襯托，發揮

男の人はリビングのカーテンをどんな色にしますか。

1　黄色

2　ピンク

3　オレンジ

4　赤

翻譯與解題

もんだい ❶

もんだい 2

もんだい 3

もんだい 4

もんだい 5

(6)

店員和男士正在談話。請問客廳的窗簾男士會選擇什麼顏色呢？

F：客廳部分很多人都用綠色喔。而且不只是客廳，也常常用在想要放鬆和休息的空間。

M：可是，那樣不會太暗嗎？

> ①綠色可能太暗了。

F：是的，顏色如果太濃，或許會導致心情低落，但只要淡一點，我想就沒問題了，感覺比較接近黃色。

M：黃色屬於亮色系，沒辦法放鬆吧？

> ②黃色是亮色，但沒辦法讓人放鬆。

F：如果用淺黃色，應該可以和褐色、綠色等色系搭配。不過，紅色系有助於促進交談、增進食慾，所以很多人也喜歡用粉紅色和橘色。尤其是淡淡的粉紅色可以降低攻擊性，還具有襯托出年輕和美麗的效果。

> ③④粉紅色有襯托出年輕和美麗的效果，適合年輕女性。

M：家裡有兩個女兒，用這個顏色或許不錯。嗯，就用這個！雖然屬於同樣的色系，但是正紅色的攻擊性強，沒辦法讓人放鬆，實在很奇妙。

> 因此，男士選擇的窗簾顏色應該是粉紅色。

F：您說得是。但是紅色可以提升食慾喔。

Answer 2

請問客廳的窗簾男士會選擇什麼顏色呢？

1　黃色
2　粉紅色
3　橘色
4　紅色

MEMO

ポイント理解

在聽取完整的會話段落之後，測驗是否能夠理解其內容（依據剛才已聽過的提示，測驗是否能夠抓住應當聽取的重點）。

考前要注意的事

▶ 作答流程 & 答題技巧

聽取說明	先仔細聽取考題說明

聽取 問題與內容	測驗目標是在聽取兩人對話或單人講述之後，測驗能否抓住對話的重點、理解事件裡原因、目的，或説話人的心情。選項會印在考卷上。 內容順序一般是「提問 ➡ 對話(或單人講述) ➡ 提問」 預估有 7 題左右 1 提問時常用疑問詞，特別是「どうして」（為什麼）。 　首先必須理解問題內容，然後集中精神聽取文章中的 　重點，排除不需要的干擾訊息。 2 注意選項與對話中換句話説的表達方式。

答題	再次仔細聆聽問題，選出正確答案

N1 聴力模擬考題　問題2　第一回　(2-1)

問題2では、まず質問を聞いてください。そのあと、問題用紙のせんたくしを読んでください。読む時間があります。それから話を聞いて、問題用紙の1から4の中から最もよいものを一つ選んでください。

(2-2) **例**　【答案詳見：233頁】　　答え： 1 2 3 4

1　パソコンを使い過ぎたから

2　コーヒーを飲みすぎたから

3　部長の話が長かったから

4　会議室の椅子が柔らかすぎるから

(2-3) **1番**　【答案跟解説：068頁】　　答え： 1 2 3 4

1　山崎先生がひげをそったから

2　山口先生がひげをそったから

3　木村君のあわてぶりが面白かったから

4　男の学生の話し方が面白かったから

(2-4) 2番 【答案跟解説：070 頁】　答え：① ② ③ ④

1　反省している

2　後悔している

3　驚いている

4　心配している

(2-5) 3番 【答案跟解説：072 頁】　答え：① ② ③ ④

1　美容院の床の色

2　車のソファの色

3　レストランの壁の色

4　アクセサリー店の看板の色

1 壊れていたから

2 吸い込む力が弱いから

3 デザインが悪いから

4 うるさいから

1 新しいゲームをしたいから

2 数学の宿題をやっていないから

3 数学のテストで 60 点とれそうにないから

4 父親にゲーム機を取り上げられたから

(2-8) 6番 【答案跟解説：078頁】　　答え： 1 2 3 4

1　保険がきくから

2　近所だから犬の散歩のため

3　診察代が安いから

4　説明が親切だったから

(2-9) 7番 【答案跟解説：080頁】　　答え： 1 2 3 4

1　明日は別の仕事をしたいから

2　打ち合わせの時間を短くしたいから

3　早く報告書を作りたいから

4　女の人がうまくできるか心配だから

問題2では、まず質問を聞いてください。そのあと、問題用紙のせんたくしを読んでください。読む時間があります。それから話を聞いて、問題用紙の1から4の中から最もよいものを一つ選んでください。

1番

大学で男の学生と女の学生が話しています。女の学生はどうして笑っているのですか。

F：ああ、おかしい（笑い声）。

M：なに？ 何かおもしろいことあったの。

F：さっきね。木村君と話していたんだけど、おかしいの。私は山口先生の話をしていたの。ほら、経済学のね。

M：うん。

F：木村君、急に、先生がひげをそったから若くなったとかって言うの。

M：えっ、山口先生は、女の先生だろう？…ああ、山崎先生と間違えていたんだ。

F：そうなの。で、ちょうどそのとき山口先生がいらっしゃって、あら、楽しそうね、って。その時の木村君の顔を思い出すと…ふっふっふ（笑い声）。 **[關鍵句]** すごく慌ててたんだよ。 **[關鍵句]**
①
②

□ 経済学 經濟學

□ ひげをそる 刮鬍子，剃鬍子

M：先生にその話、したの。

F：まさか。

女の学生はどうして笑っているのですか。

1 山崎先生がひげをそったから
2 山口先生がひげをそったから
3 木村君のあわてぶりが面白かったから
4 男の学生の話し方が面白かったから

翻譯與解題

もんだい
1

もんだい
❷

もんだい
3

もんだい
4

もんだい
5

第二大題。請先聽每小題的題目,再看答案卷上的選項。此時會提供一段閱讀時間。接著聽完對話,從答案卷上的選項1到4當中,選出最佳答案。

(1)

男學生和女學生正在大學裡聊天。請問女學生為什麼在笑呢?

F:哈哈哈,好好笑喔(笑聲)!

M:怎麼了?有什麼好玩的事嗎?

F:剛才呢,我跟木村聊天,真是笑死我了!我提到了山口老師……,就是教經濟學的老師嘛。

M:嗯。

F:結果木村忽然説,老師把鬍子剃掉,看起來年輕多了。

M:嘠?山口老師不是女老師嗎?……哦,他誤以為是山崎老師了!

F:就是説啊。結果就在那個時候,山口老師恰巧走過來,還説我們聊得好開心喔。我一想起木村當時的表情……嘻嘻嘻(笑聲),他窘得都不知道該怎麼辦才好呢!

M:妳轉述給老師聽了嗎?

F:怎麼可能!

> ①②女同學想起木村同學慌張的表情,説「おかしい(好好笑喔)」。

Answer **3**

請問女學生為什麼在笑呢?

1 因為山崎老師把鬍子剃掉了

2 因為山口老師把鬍子剃掉了

3 因為木村同學慌張的表情很好笑

4 因為男學生的説話方式很好笑

2番

会社で男の人と女の人が話しています。男の人はどんな気持ちですか。

M：本当なら今頃は完成していたはずなんですが、第1回目のシステムテストが明日になりました。

F：わかりました。本社からの指示が遅れたので、それはしかたないですよ。

M：この仕事の最終的な締め切りは、延ばしてもらえるんでしょうか。

F：むずかしいでしょうね。ただ、手が足りない場合は、何人かに手伝ってもらうように手配します。

M：何も変更がないにせよ、うちの部だけでプログラム開発を進められるわけではないので、人を増やしたところで、これから計画通り行くかどうか。<u>[1]</u> ◁ 關鍵句

□ システムテスト【system test】系統測試
□ 最終的 最終的，最後的
□ 延ばす 延長，推遲
□ 手配 安排，籌備
□ プログラム【program】計畫；方案
□ 開発 開發；發展

男の人はどんな気持ちですか。

1　反省している
2　後悔している
3　驚いている
4　心配している

翻譯與解題

もんだい 1

もんだい ❷

もんだい 3

もんだい 4

もんだい 5

(2)

男士和女士正在公司裡交談。請問男士是什麼樣的心情呢？

M：如果按照預定進度，現在應該已經完成了，但事實上明天才能做第一次的系統測試。

F：好。我知道你們也是不得已的，原因出在總公司的指令給得太慢。

M：這項工作的結案期限，有可能延後嗎？

F：應該不太可能。不過，人手不夠的話，我可以加派幾個人力過去幫忙。

M：光靠我部門的現有人力，即使沒有任何異動，也不足以應付系統的研發計畫，因此就算多幾個人手，我也沒有把握能夠按照既定時程進行。

①「これから計画通りに行くかどうか（我也沒有把握能夠按照既定時程進行）」表達擔心的意思。

--------- Answer **4**

請問男士是什麼樣的心情呢？

1　反省的心情
2　後悔的心情
3　驚訝的心情
4　擔心的心情

男士的話並未表現出選項1「反省（反省）」或選項2「後悔（後悔）」的意思，也沒有露出選項3「驚いて（驚訝）」的神情。

3番

パソコンのカメラとマイクを使って男の人と女の人がオンラインで話しています。二人は何について話していますか。

M：おはようございます。あのう、昨日送ったファイル、どうですか。

F：ああ、設計図ですね。ざっと目を通しましたけど、色は、結局どうしますか。

M：そうか。ちょっと待ってください。今、見本を…これ。これは一冊しかないからそちらに送れないんですよ。今、いっしょに見てもらえますか。

F：いいですよ。

M：これなんてどうでしょう、パソコンだと見にくいかな。

F：うーん、調理場と同じにしてほしいっていう[1]ことでしたね。もう少し明るい方がよくないですか。昔は水に強いペンキは限られた色しかなかったけど、今はいろいろ選べるし。それに、お客さんは若い女性が多いし、メニューも若い人向けだしね。もっと軽い感じで。次のページはどうですか。見せてもらえます？ ＜關鍵句

□ オンライン
  【online】線上
□ 設計図 設計圖
□ ざっと 大致的・
  粗略的
□ 目を通す 瀏
  覽・看
□ 結局 結果；到底
□ ペンキ【（荷）
  pek】油漆

二人は何について話していますか。
1 美容院の床の色
2 車のソファの色
3 レストランの壁の色
4 アクセサリー店の看板の色

翻譯與解題

もんだい 1

もんだい ❷

もんだい 3

もんだい 4

もんだい 5

(3)

男士和女士正在使用電腦麥克風和鏡頭透過網路進行視訊通話。請問他們在談什麼事情呢？

M：早安。請問，昨天寄去的檔案您過目了嗎？

F：喔，您是説設計圖吧？我剛才大致瀏覽了一下，配色部分怎麼安排呢？

M：您問配色嗎？請稍等一下，我找一下樣品……，找到了。這個只有一本，所以沒辦法寄給您參考，現在可以在線上一起看嗎？

F：可以呀。

M：像這樣的設計您喜歡嗎？在電腦螢幕上不知道看不看得清楚……。

F：嗯……，我之前提過希望和烹飪區統一色彩，是不是用更亮一點的色調比較好呢？以前防水漆的顏色只有少數幾種，現在已經有很多選擇了。況且主力客層是年輕女性，菜單設計也迎合年輕人的口味，所以想要更輕快一點的氛圍。下一頁呢？可以讓我看一下嗎？

①②從「調理場（烹飪區）」和「メニュー（菜單）」可以得知，兩人正在討論餐廳牆壁的顏色。

Answer 3

請問他們在談什麼事情呢？

1 美容院地板的顏色

2 車子沙發的顏色

3 餐廳牆壁的顏色

4 飾品店招牌的顏色

4番
ばん

店員と客が話しています。客が掃除機を返品した
てんいん きゃく はな きゃく そうじき へんぴん
い理由は何ですか。
りゅう なん

F：これ、昨日こちらで買った掃除機なんですけど、
きのう か そうじき
返品できますか。
へんぴん

M：はい。何か問題がありましたでしょうか。
なに もんだい

F：きのう、うちは犬がいるから吸い込む力が強
いぬ す こ ちから きょう
力じゃないとだめだ、って言ったら、こちら
りょく い
の店員さんにこれを勧められたんだけど、こ
てんいん すす
れ、前のより吸い込まなくて。デザインはとっ ──< 關鍵句
まえ す こ
てもおしゃれだし、軽いし、気に入っていたん
かる 1 き
ですが。

M：そうでしたか。ご説明が足りず、申し訳あり
せつめい た もう わけ
ません。やはり、このタイプの掃除機は音が ──< 關鍵句
そうじき おと
静かで、空気を汚さない分、吸い込む力が若
しず くうき よご ぶん す こ ちから じゃっ
干弱くなっておりまして。
かんよわ
2 えら

F：そうですよね。とにかく選びなおしたいので、
えら
とりあえず返品してもいいですか。パワーが
へんぴん
あるのを選び直しますから。
えら なお

□ 返品 退貨
へんぴん

□ 吸い込む 吸入
す こ

□ 強力 強力，力
きょうりょく
量大

□ 勧める 推薦；勧
すす

□ 若干 若干；少許
じゃっかん

客が品物を返品したい理由は何ですか。
きゃく しなもの へんぴん りゅう なん

1 壊れていたから
こわ

2 吸い込む力が弱いから
す こ ちから よわ

3 デザインが悪いから
わる

4 うるさいから

翻譯與解題

もんだい 1

もんだい ❷

もんだい 3

もんだい 4

もんだい 5

(4)

店員和顧客正在談話。請問顧客買了吸塵器後想退貨的理由是什麼？

Ｆ：這是我昨天在這裡買的吸塵器，可以退貨嗎？

Ｍ：您好，請問有什麼問題嗎？

Ｆ：昨天我說了家裡養狗，所以需要吸力很強的機種才行，貴店的店員推薦我買這一款，結果比我家裡原來那支的吸力還要弱。雖然這一支的設計非常漂亮又輕便，我很喜歡……。

Ｍ：原來如此，非常抱歉，本店店員沒有說明清楚。這個型號的吸塵器因為沒有噪音，排氣也很乾淨，相對地吸力也會比較弱一點。

Ｆ：就是像您說的那樣。總之，我想重挑一支，可以先幫我辦理退貨嗎？我想另外選一支吸力夠強的。

> ①②顧客說想換一台吸力更強的吸塵器。店員也承認這一款吸塵器的吸力比較弱。

-- Answer 2

請問顧客買了吸塵器後想退貨的理由是什麼？

1　因為壞掉了
2　因為吸力很弱
3　因為設計很醜
4　因為有噪音

> 選項 3 和選項 4，由對話可知吸塵器的設計很漂亮，且店員說這款吸塵器「音が静か（沒有噪音）」。

5番

母親と男の子が話しています。男の子はどうして今日学校に行きたくないのですか。

M：ああ、行きたくない。

F：どうして。早く行かないと遅れるよ。今日、数学のテストなんでしょ。

M：約束しちゃったんだよね。70点以上取るって、お父さんと。そしたら新しいゲーム買ってくれるって。

F：ああ、そうなの。じゃ、がんばれば。 [1]

M：無理に決まってるよ。まあ、それはともかく、 ＜ 關鍵句
もし60点以下だったら、ゲーム機を取り上げ ＜ 關鍵句
[2]
られるんだって。 [3]

□ 取る 拿取;操縦

□ 取り上げる 沒
収;拿起

□ ゲーム機
【game機】遊
戯機

F：あらあら。

M：50点さえとったことないのにさ。お父さん、ひどいよ。

F：うーん、毎日10分も勉強しない方がひどいと思うけど。

男の子はどうして学校に行きたくないのですか。

1 新しいゲームをしたいから
2 数学の宿題をやっていないから
3 数学のテストで60点とれそうにないから
4 父親にゲーム機を取り上げられたから

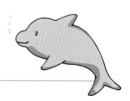

翻譯與解題

もんだい 1

もんだい ❷

もんだい 3

もんだい 4

もんだい 5

(5)

媽媽和男孩正在說話。請問男孩今天為什麼不想上學呢？

M：唉唷，真不想去！

F：為什麼？再不快點去就要遲到囉？今天不是有數學小考嗎？

M：我不是和爸爸約好了要考70分以上嗎？如果分數超過了，爸爸說會買新的遊戲軟體給我。

F：哦，這樣呀。那你加油囉！

M：怎麼可能考到那種分數嘛！先別說能不能得到遊戲軟體，萬一低於60分，爸爸說要沒收遊戲機吔！

F：真的呀？

M：我根本從來沒考超過50分，爸爸好過分喔！

F：這個嘛……，媽媽覺得每天連10分鐘都不肯用功讀書的人比較過分哦。

①②數學考試考到70分以上就可以得到新的遊戲軟體，但男孩說這是不可能的。

--- Answer 3

請問男孩今天為什麼不想上學呢？

1　因為想玩新遊戲

2　因為沒寫數學作業

3　因為覺得無法考到六十分

4　因為遊戲機被爸爸沒收了

對話中沒有提到選項1和選項2的內容。

遊戲機還沒被沒收，所以選項4不正確。

6番

男の人と女の人が動物病院で話しています。女の人がこの病院を選んだ理由は何ですか。

M：かわいい子猫ですね。まだ小さいんですか。

F：ええ。4月生まれです。あのう、この近くには結構ペットの病院がありますけど、どうしてここにいらっしゃってるんですか。

M：ああ、うちの犬は小さいころからずっとここでお世話になっててね。**先生が丁寧なんですよ。** この前なんか、うちの孫がカメを連れてきたんだけど、ものすごく丁寧に診てくれて。 ◁關鍵句 [1]

F：そうですか。よかった。ペットを飼うの初めてなんで、あちこち電話して、予防注射の値段を聞いたんです。もっと安いところもあったんですけど、**ここは値段だけじゃなくて子猫の飼い方についても教えてくれて、なんか安心できそうで。** ◁關鍵句 [2]

M：ああ、そうでしたか。

F：やっぱり、人間と違って保険も使えないから、ずっとお世話になるなら、こんなところがいいんだろうなって思って。

M：ええ、いいと思いますよ。ここ。

□ 動物病院 動
　物醫院，獸醫院
□ カメ 烏龜
□ 飼う 飼養
□ 予防注射 預防
　針
□ 保険 保險

女の人がこの病院を選んだ理由は何ですか。

1　保険がきくから
2　近所だから犬の散歩のため
3　診察代が安いから
4　説明が親切だったから

(6)

男士和女士正在動物醫院裡聊天。請問女士選擇這家醫院的理由是什麼呢？

M：好可愛的小貓咪喔，出生沒多久吧？

Ｆ：是呀，四月生的。我想請問一下，這附近的寵物醫院蠻多家的，您為什麼來這一家呢？

M：喔，因為我家的狗從小就一直在這邊看病，這裡的醫師很細心喔。前陣子，我孫子帶了烏龜來找醫師，看診非常仔細喔。

Ｆ：這樣哦，那我就放心了！我是第一次養寵物，打了不少電話到處詢問預防注射的價格。雖然問到了其他地方比這裡便宜，不過這一家的價格還可以接受，而且會教我養小貓的注意事項，感覺比較安心。

M：喔，這樣啊。

Ｆ：畢竟寵物和人不一樣，沒辦法使用健保，而且既然要找一家固定看診的地方，我想還是找這樣的醫院比較有保障。

M：是啊，我也覺得這裡很不錯喔。

> ①②男士也説醫生很細心，女士則説這家醫院會親切的説明養小貓的注意事項，感覺比較安心。

------- Answer **4**

請問女士選擇這家醫院的理由是什麼呢？

1 因為有健保

2 因為在附近可以帶狗來散步

3 因為診料費便宜

4 因為診所會親切的説明

> 選項 1，對話中沒有提到不能使用健保。

> 選項 3，對話中提到其他醫院的診療費更便宜。

7番

男の人と女の人が会社で話しています。男の人が今打ち合わせをしたい理由は何ですか。

M：中村さん。あさっての件、打ち合わせしておきたいんだけど。

F：あ、申し訳ないんですが、あと10分ほどで出たいんです。差し支えなければ明日の午前中にお願いしたいんですが。

M：そうか。わかった。じゃ、明日までに報告書を見ておいてくれる？そうすれば打ち合わせの時間も短縮できるから。

F：はい、承知しました。もし問題点が見つかったら、メールでお知らせしましょうか。

M：そうですね。お願いします。

F：本当なら今日中に打ち合わせを終わらせられ ← 關鍵句
たらよかったのですが、申し訳ありません。

M：そうすれば明日は田中産業の仕事に時間が使 ← 關鍵句
えるからね。まあ、いいよ。あっちは今週中にできさえ[2]すればいいと言われているし。

□ 打ち合わせ 商量，討論
□ 件 事情，事件
□ 差し支える（對工作等）妨礙；感到不方便
□ 短縮 縮短，縮減

男の人が今打ち合わせをしたい理由は何ですか。

1 明日は別の仕事をしたいから
2 打ち合わせの時間を短くしたいから
3 早く報告書を作りたいから
4 女の人がうまくできるか心配だから

翻譯與解題

もんだい 1

もんだい ❷

もんだい 3

もんだい 4

もんだい 5

(7)

男士和女士正在公司裡交談。請問男士希望現在討論的理由是什麼呢？

M：中村小姐，關於剛才那個案子，我想和妳討論一下。

F：啊，不好意思，我十分鐘後要出門。方便的話，可以約明天早上嗎？

M：這樣啊，好，那可以請妳在明天討論前先看完報告嗎？這樣就能縮短討論的時間了。

F：好，我知道了。萬一發現了問題，是不是先寫電子郵件給你呢？

M：也好，那就麻煩妳了。

F：真抱歉，其實應該在今天之內討論完才方便你做後續處理。

M：是啊，那樣的話就能把明天的時段拿來處理田中產業的案子了。不過也沒關係啦，反正老闆說那邊的工作只要這星期內可以完成就好。

> ①②對於女士因為自己的行程安排而無法在今天討論，男士回答：今天討論的話，就能把明天的時段拿來處理田中產業的案子了。

-- Answer 1

請問男士希望現在討論的理由是什麼呢？

1　因為明天想做別的工作

2　因為想縮短討論時間

3　因為想早點做好報告

4　因為女士擔心工作是否能順利完成

N1 聴力模擬考題　問題2　第二回 (2-10)

問題2では、まず質問を聞いてください。そのあと、問題用紙のせんたくしを読んでください。読む時間があります。それから話を聞いて、問題用紙の1から4の中から最もよいものを一つ選んでください。

(2-11) 例　【答案詳見：233 頁】　　答え： ① ② ③ ④

1　パソコンを使い過ぎたから

2　コーヒーを飲みすぎたから

3　部長の話が長かったから

4　会議室の椅子が柔らかすぎるから

(2-12) 1番　【答案跟解説：086 頁】　　答え： ① ② ③ ④

1　電車賃がなくて家に帰れないから

2　財布を落としたのかとられたのかわからないから

3　スマートフォンをのぞかれたから

4　クレジットカードを落としたから

【答案跟解説：088 頁】

(2-13) **2番**　　答え： ① ② ③ ④

1　謙虚_{けんきょ}だった
2　軽率_{けいそつ}だった
3　勉強不足_{べんきょうぶそく}だった
4　消極的_{しょうきょくてき}だった

【答案跟解説：090 頁】

(2-14) **3番**　　答え： ① ② ③ ④

1　娘_{むすめ}に勧_{すす}められたから
2　若_{わか}い人_{ひと}と知_しり合_あうため
3　妻_{つま}が応援_{おうえん}してくれるから
4　姿勢_{しせい}がよく若_{わか}くなれるから

4番 【答案跟解説：092 頁】 答え： ① ② ③ ④

1 　キュウリ

2 　ナス

3 　ピーマン

4 　トマト

5番 【答案跟解説：094 頁】 答え： ① ② ③ ④

1 　楽しくないのに楽しそうだと言われたから

2 　父親が自分の誕生日を間違えたから

3 　昨日父親が遅く帰ってきたから

4 　プレゼントが気に入らなかったから

(2-17) **6番** 【答案跟解説：096 頁】　　　答え：① ② ③ ④

1　定期預金
　　てい き よ きん

2　住宅ローン
　　じゅうたく

3　保険
　　ほ けん

4　株
　　かぶ

(2-18) **7番** 【答案跟解説：098 頁】　　　答え：① ② ③ ④

1　希望の会社に就職が決まったから
　　き ぼう　かいしゃ　しゅうしょく　き

2　試験に合格したのは偶然だから
　　し けん　ごうかく　　　　　　ぐうぜん

3　教授に反対されたから
　　きょうじゅ　はいたい

4　留学するお金がないから
　　りゅうがく　　　かね

問題2では、まず質問を聞いてください。そのあと、問題用紙のせんたくしを読んでください。読む時間があります。それから話を聞いて、問題用紙の1から4の中から最もよいものを一つ選んでください。

1番

駅で駅員と女の人が話しています。女の人はどうして困っているのですか。

M：警察に連絡をしますか。

F：どうしたらいいでしょうか。もしかしたら、 ──〈關鍵句
定期券を出すときとかに駅で落としたのかも
しれないし…。財布と定期券はいつも別々の
ポケットに入れていますけど。 [1]

M：財布だけがなくなっているのなら、やはりス ──〈關鍵句
リにとられたのかもしれません。 [2]

F：電車で立っているときに、スマートフォンを
見ていて、なんだか横の人がのぞき込んでる
ような気がして嫌だな、と思ったんです。あ、
でも、電車賃は大丈夫です。定期券がありま
すし。ただ、財布の中にクレジットカードが
入っているので、すぐカード会社に連絡しな
いと。

M：それだけはすぐに連絡した方がいいですね。

F：ええ。でも、本当にどっちなのか…。ああ困った。 ──〈關鍵句 [3]

□ スリ 扒手・小
偷

□ スマートフォン
【smartphone】
智慧型手機

□ のぞき込む 偷
窺，偷看

女の人はどうして困っているのですか。

1 電車賃がなくて家に帰れないから

2 財布を落としたのかとられたのかわからない
から

3 スマートフォンをのぞかれたから

4 クレジットカードを落としたから

第二大題。請先聽每小題的題目，再看答案卷上的選項。此時會提供一段閱讀時間。接著聽完對話，從答案卷上的選項 1 到 4 當中，選出最佳答案。

(1)

站務員和女士正在車站裡談話。請問女士遇到什麼麻煩了呢？

M：要不要幫您聯絡警察呢？

F：我該怎麼辦才好呢？說不定是在掏定期票的時候掉在車站裡了……。可是我平常都把錢包和定期票分別放在不同的口袋裡。

M：既然只有錢包不見，恐怕還是被扒走了。

F：我站在電車裡的時候一直玩手機，但是旁邊有個人好像故意湊過來偷看我的螢幕畫面，那時覺得不太舒服。啊，幸好定期票沒掉，車資還付得出來。不過錢包裡有信用卡，得立刻和發卡單位聯絡才行。

M：那部分最好盡快聯繫，比較有保障。

F：您說得是。但是，到底是掉了呢，還是被扒走了呢……。唉，傷腦筋呀！

①②錢包有可能掉在車站裡，也有可能是被扒走了。

③因為不知道到底是掉了還是被扒走了，所以女士說「困った（傷腦筋）」。

Answer 2

請問女士遇到什麼麻煩了呢？

1　車資不見了回不了家

2　不知道錢包是掉了還是被扒走了

3　被偷看手機螢幕

4　信用卡掉了

選項 1，因為定期票還在，所以車資還付得出來。

選項 3，雖然女士說覺得有人在偷看她的手機螢幕，但這並不是造成她傷腦筋的原因。

選項 4，信用卡在錢包裡，但女士不確定錢包是掉了還是被扒走了。

2番

こうえんかい あと おんな ひと おとこ ひと はなし
講演会の後で女の人と男の人が話をしています。
おとこ ひと こうし おも
男の人は講師についてどう思っていますか。

F：時間、短かったね。

M：うん。さすが、今人気の作家だね。1時間半だったけど、あっという間だった。

F：いい小説を書く人って、人との対話も上手なのかな。内容も楽しかった。

M：ことば遣いも丁寧で、聞きやすかったね。ちょっと変な質問にも、相手の立場に立って誠実に答えていたのには感心したな。あんなに売れている作家だし、もっと偉そうな人かと思っていたけど。 ← 關鍵句

①

F：子どものころの話を聞くと、苦労してきたんだな、と思うけど、ぜんぜん偉そうに聞こえなくて、なんだか聞いてて元気が出ちゃった。

M：「人を敬うことが学びのはじめ」という言葉にも、反省させられたよ。あんな先生に教わっている学生たちは幸せだね。

おとこ ひと こうし おも
男の人は講師についてどう思っていますか。

1 謙虚だった
2 軽率だった
3 勉強不足だった
4 消極的だった

□ 講師 講師，演講者
□ ことば遣い 用字遣詞，措辭
□ 誠実 誠實，真誠
□ 反省 反省

翻譯與解題

もんだい 1

もんだい ❷

もんだい 3

もんだい 4

もんだい 5

(2)

女士和男士於演講會結束後交談。請問男士對講師有什麼看法？

F：時間過得好快！

M：嗯，不愧是近來廣受歡迎的作家！雖然講了一個半鐘頭，卻覺得一下子就結束了。

F：小説寫得好的人，大概同樣善於和人們對話吧。演講內容也很有意思。

M：他的用字遣詞都經過深思熟慮，淺顯易懂。即使有人提出奇怪的問題，也能站在對方的立場誠懇回答，真的很不容易。以他目前在文壇的知名度，我還以為應該是個趾高氣昂的作家。

F：聽他講小時候的往事，真的是苦過來的，可是聽起來一點也不覺得誇大其詞，反而挺勵志的。

M：「尊敬，從向對方學習做起」那句話也十分發人深省。能在這樣的老師底下學習，他的學生實在很幸福。

①儘管講師是位人氣作家，但仍能站在對方的立場誠懇回答，以及不驕傲的謙虛態度，都讓男士深受感動。

Answer 1

請問男士對講師有什麼看法？

1 謙虛

2 輕率

3 學藝不精

4 消極

3番

会社で男の人と女の人が話しています。男の人が
ダンスを習っている理由は何ですか。

M：部長、今日はお先に失礼します。

F：ああ、お疲れさま。あ、練習の日でしたね。

M：ええ。もうすぐ大会なんですよ。そうだ、部
　　長もよかったら、いかがですか。今、メンバー
　　を募集中なんです。

F：私は遠慮しますよ。でも、なんで池田さんが
　　ダンス？　前から聞きたかったんですけど。奥
　　さんはなんて？　怒らない？

M：ええ、応援してくれてます。大会の衣装も
　　作ってくれたりして。

F：へえ。　關鍵句

M：姿勢がよくなって、背中がピンとするんですよ。
　　　　　　　　　　　　　①
　　会社ではパソコンばっかりだから。この前娘
　　に背中が丸まってる*って言われまして、それ
　　で始めたんですが、なんだか、どんどん体が
　　軽くなって、このままやってたら学生時代の　　＜關鍵句
　　自分を取り戻せるんじゃないかって。
　　　　　　　　　　　　　　②

F：なるほど。なんだか私も興味がわいてきたわ！

□ 衣装　服装

□ 背中が丸まって
　る　彎腰駝背

□ 取り戻せる　恢
　復；回收

男の人がダンスを習っている理由は何ですか。

1　娘に勧められたから

2　若い人と知り合うため

3　妻が応援してくれるから

4　姿勢がよく若くなれるから

翻譯與解題

もんだい 1

もんだい ❷

もんだい 3

もんだい 4

もんだい 5

(3)

男士和女士正在公司裡交談。請問男士為什麼學國標舞呢?

M:經理,我今天先下班了。

F:好,辛苦了。啊,今天要去練舞吧!

M:是,馬上就要比賽了。對了,經理如果有興趣,要不要一起來呢?教室目前正在招生。

F:恕我婉拒。不過,我從以前就一直想問池田先生,您為什麼想學國標舞呢?太太沒說什麼嗎?她沒生氣嗎?

M:沒有,她很贊成,就連比賽的舞衣也是她幫我做的。

F:這樣呀。

M:練舞可以端正姿勢,有助於維持抬頭挺胸喔。畢竟一整天都在公司打電腦,前陣子女兒說我彎腰駝背的,所以才開始去練舞,結果體重漸漸減少,如果持之以恆,或許就能恢復學生時代的體態了。

F:原來如此,這樣我也躍躍欲試呢!

> ①②對於女士詢問男士學習國標舞的理由,男士回答了「姿勢がよくなる(端正姿勢)」、「若くなれる(恢復年輕)」這兩點。

Answer 4

請問男士為什麼學國標舞呢?

1 被女兒勸說

2 為了認識年輕人

3 因為妻子的支持

4 因為可以端正姿勢、恢復年輕

> 選項 1,雖然女兒說男士「背中が丸まってる(彎腰駝背)」,但女兒並沒有建議男士練國標舞。

> 選項 2 的內容在對話中並沒有提到。

> 選項 3,男士說妻子很支持,並幫他做比賽的舞衣,但這並不是男士學國標舞的原因。

(＊)彎腰駝背＝背部彎曲,無法挺直的樣子。

4番

花屋で店員と客が話しています。客は何を買いますか。

F：いらっしゃいませ。

M：野菜を育ててみたいんですけど、初めてで。どんなのがいいでしょうか。

F：そうですね。キュウリやナスなんかは比較的育てやすいですよ。　＜關鍵句

M：うん。だけど場所をとるでしょう。うちはベランダなんでね。

F：日当たりと水はけさえよければ、できないことはないですよ。あと…赤ピーマンとか。色があざやかで楽しいですよ。　＜關鍵句

M：へえ。家で作れるの？　きれいなのはいいね。ただピーマンは苦手だからな。　＜關鍵句

F：じゃ、これなんていかがですか。ミニトマトはいろいろ種類があるんですよ。黄色と赤、オレンジも。キュウリもナスも小さいものがあるにはあるんですけど、やっぱりスペースはいりますね。　＜關鍵句

M：そうですよね。家で作るならおいしく食べるだけじゃなくて見ていて楽しめるのがいいな。これなら場所もそんなにとらなそうだし、うん、これにしよう。オレンジと赤と黄色のやつ、三種類ください。　＜關鍵句

關鍵句（標示於圖中）

□ キュウリ　黄瓜

□ ナス　茄子

□ 比較的　比較，相較之下

□ ベランダ【veranda】陽台

□ ピーマン【(法)piment】青椒

□ スペース【space】空間

客は何を買いますか。

1　キュウリ

2　ナス

3　ピーマン

4　トマト

翻譯與解題

もんだい 1

もんだい ❷

もんだい 3

もんだい 4

もんだい 5

(4)

店員和顧客正在花店裡交談。請問顧客會買什麼呢？

Ｆ：歡迎光臨！

Ｍ：我想種種看蔬菜，可是從來沒試著，請問該種什麼才好呢？

Ｆ：這樣的話，我想小黃瓜和茄子比較容易栽種喔！

Ｍ：這樣哦。可是，那些需要比較大的空間吧？我家只能養在陽台上。

Ｆ：只要有陽光和水，應該沒什麼問題。其他的……譬如紅甜椒也蠻好種的，而且顏色鮮豔，長出來的時候會讓人很開心喔！

Ｍ：是哦，在家裡就養得活？顏色漂亮這點倒是不錯，不過我不敢吃青椒之類的。

Ｆ：那麼，像這樣的您喜歡嗎？小番茄有很多種類，有黃色、紅色甚至橘色的。小黃瓜和茄子雖然也有小一點的品種，但還是需要比較大的空間。

Ｍ：妳說得有道理。既然是在家裡種的菜，不僅要好吃，還要顧及賞心悅目。這種的話，似乎不需要太大的空間，嗯，就挑這個吧！請給我橘色、紅色和黃色的這三種。

①②小黃瓜和茄子的種植需要比較大的空間，所以不正確。

③④紅甜椒顏色很漂亮，但男士說他不敢吃青椒類。

⑤⑥由對話中可知，有黃色、紅色、橘色的種類，看了賞心悅目，又不需要太大空間種植的小番茄是正確答案。

Answer 4

請問顧客會買什麼呢？

1　小黃瓜

2　茄子

3　甜椒

4　番茄

5番

父親と娘が話しています。娘はどうして怒っているのですか。

F：（鼻歌を歌っている）。

M：楽しそうだね。あ、誕生日プレゼント、気に入った？

F：え？

M：ずいぶん選んだんだよ。クマの人形なんて子どもっぽいかと思ったんだけどね。お母さんとも相談して洋服とか、新しいゲームとかさんざん見て回ったんだけど。しかし、お母さん、もう渡しちゃったんだね。そうだよね、昨日だったもんな。お父さん、昨日は残業で遅かったから。① <關鍵句

F：お父さん！

M：何？

F：ひどいよ、もう！　私の誕生日って、明日なんだけど。② <關鍵句

M：えっ。

□ 鼻歌 哼歌

□ さんざん 狠狠地，嚴重地

□ ちゃう てしまう的口語用法

娘はどうして怒っているのですか。

1　楽しくないのに楽しそうだと言われたから

2　父親が自分の誕生日を間違えたから

3　昨日父親が遅く帰ってきたから

4　プレゼントが気に入らなかったから

翻譯與解題

もんだい 1

もんだい ❷

もんだい 3

もんだい 4

もんだい 5

(5)

爸爸和女兒正在聊天。請問女兒為什麼生氣呢？

Ｆ：（正在哼歌）。

Ｍ：看起來心情很好喔。對了，生日禮物，喜歡吧？

Ｆ：什麼？

Ｍ：爸爸可是絞盡腦汁才挑到的喔。本來想送熊寶寶，又覺得太孩子氣了。我還問過媽媽的意見，看是該送衣服，還是新上市的遊戲軟體之類的，然後到處找了很久才決定。不過，媽媽已經拿給妳了吧？是啊，昨天生日嘛，妳應該收到禮物了。爸爸昨天加班，很晚才回到家，沒能幫妳慶生。

Ｆ：爸爸！

Ｍ：怎麼了？

Ｆ：實在太過分了！明天才是我的生日。

Ｍ：什麼！

> ①②爸爸以為昨天是女兒的生日，但實際上是明天。女兒正為了爸爸記錯她的生日而生氣。

Answer 2

請問女兒為什麼生氣呢？

1 因為她明明不開心爸爸卻說她心情很好

2 因為爸爸記錯了她的生日

3 因為爸爸昨天很晚回家

4 因為不喜歡生日禮物

6番

銀行で銀行員と客が話しています。客は何を勧められましたか。

F：銀行口座を作りたいんですけど。

M：はい、ありがとうございます。普通でよろしいでしょうか。

F：いえ、普通の口座はあるんで定期を。

M：はい。ではこちらの用紙に、ご住所と、お名前、電話番号をお願いします。

F：はい。（間）これでよろしいですか。

M：はい。ありがとうございます。こちらは、1年でよろしいですか。

F：ええ。とりあえず。

M：…あのう、失礼ですが、<u>こういった商品もございますが、いかがでしょうか。こちらは、病気やけがなどに備えたものでして、入院や手術の時は何回でも支給されることになっているんです。</u> 1 ＜關鍵句

F：ああ、今日はちょっと時間がないんで…それに、<u>うちはみんな主人の会社の保険に入っているから。</u> 2 ＜關鍵句

M：そうでしたか。失礼しました。一応、毎月のお支払いが 2000 円からと、大変お安くなっていますので、またお時間があるときにでも、ぜひご覧になってください。

□ 勧める 推薦；
　勧告
□ 銀行口座 銀行
　帳戶
□ 普通 普通，一
　般
□ 手術 手術，開刀
□ 一応 暫且；首
　先；大致
□ ぜひ 務必，一定

客は何を勧められましたか。

1　定期預金

2　住宅ローン

3　保険

4　株

翻譯與解題

もんだい 1

もんだい ❷

もんだい 3

もんだい 4

もんだい 5

(6)

行員和顧客正在銀行裡交談。請問行員向顧客推銷什麼業務項目呢？

F：我想開個戶頭。

M：好的，感謝開戶。請問是否開立活儲帳戶呢？

F：不，活儲我已經有了，要辦定存的。

M：好的，麻煩您在這張申請書上填寫住址、大名和電話號碼。

F：好。（過了一會兒）這樣可以嗎？

M：沒問題，謝謝您。請問是否辦理一年期的定存呢？

F：嗯，先存一年吧。

M：……不好意思，請問您是否有意願參考一下像這樣的理財商品呢？這一種的保障範圍包括疾病與意外傷害，住院和動手術也不限次數給付。

F：喔，我今天時間有點趕……而且，我們全家都已經在先生的公司那邊投保了。

M：了解了。不好意思，耽誤您的時間了。不過每個月僅僅只需付2,000圓，非常划算，您有空的時候不妨過目，參考看看。

> 請注意，要選的不是顧客前來辦理的業務，而是行員推薦顧客辦理的業務！

> ①銀行員以「いかがでしょうか（是否有意願）」來向顧客推薦保障範圍涵蓋疾病與意外傷害的理財商品。

> ②顧客將這項商品稱作「保險（保険）」，由此可知銀行員向顧客推薦的是選項3「保險（保険）」。

Answer 3

請問行員向顧客推銷什麼業務項目呢？

1 定期存款

2 房屋貸款

3 保險

4 股票

> 選項1，顧客就是為了開立「定期存款」的帳戶才來銀行，這並不是行員所推薦的業務。

> 選項2和選項4，對話中並沒有提到房屋貸款和股票。

7番

男の学生と女の学生が話しています。男の人が留学できない理由は何ですか。

F：あ、平野君、すごいね。大学推薦の留学生に選ばれたんだね。おめでとう。

M：ああ、ありがとう。たまたま*だよ。でも、辞退することにしたんだ。さっき、田山先生にも話してきた。先生も、残念だけどこれも運命だからしかたがないねって。

F：どうして。せっかくのチャンスなのに。奨学金も出るんでしょう。

M：うん。実は先週受けていた会社の役員面接に合格したんだ。⑴ ──〈關鍵句〉

F：ああ、そうだったの。

M：子どものころからずっと憧れていた会社だし、親の年齢を考えると、ここで就職しないで留学しても、帰ってきた時にどうなんだろうって思ってさ。⑵ ──〈關鍵句〉

F：それは、確かに悩むよね。まあ、あの会社なら社内留学制度もあるだろうから、またチャンスはあるかもしれないしね。

□ 推薦　推薦
□ 辞退　辭退
□ 奨学金　獎學金
□ 役員　干部
□ 憧れ　憧憬・嚮往
□ 制度　制度

男の人が留学できない理由は何ですか。

1　希望の会社に就職が決まったから
2　試験に合格したのは偶然だから
3　教授に反対されたから
4　留学するお金がないから

翻譯與解題

もんだい 1

もんだい ❷

もんだい 3

もんだい 4

もんだい 5

(7)

男學生和女生正在聊天。請問男學生為什麼不去留學呢？

Ｆ：啊，平野，真厲害！你被學校甄選上大學留學了吧？恭喜恭喜！

Ｍ：喔，謝謝，沒什麼啦。不過，我已經向校方婉拒了，剛剛也向田山老師報告了。老師也說雖然遺憾但命運如此，只能說無可奈何了。

Ｆ：為什麼？這麼難得的機會，而且還有獎學金不是嗎？

Ｍ：嗯。老實說，我上星期去那家公司參加的高階主管面試，已經通知錄取了。

①②男學生說因為錄取了從小就很嚮往的公司，所以不去留學了。

Ｆ：喔，原來如此。

Ｍ：我從小就很嚮往進入那家公司，而且爸媽年紀也大了，我想，假如畢業後不上班而是出國留學，等到學成歸國，還不知道找不找得到工作。

Ｆ：確實讓人煩惱。沒關係啦，反正以那家公司的規模，應該有送員工出國進修的制度，說不定你還是有機會出國讀書的。

Answer　**1**

請問男學生為什麼不去留學呢？

1　因為決定去嚮往的公司就職了

2　因為考試合格只是偶然

3　因為教授反對

4　因為沒有錢留學

選項 3，對於男學生婉拒留學，教授說「しかたがない（無可奈何）」。

選項 4，對話中提到去留學有獎學金，所以不是因為沒錢才無法留學。

（＊）「たまたま（沒什麼啦）」＝偶然的意思。克服了困難的人受到稱讚時可以回答這句話，表示自謙的意思。

N1 聴力模擬考題　問題2　第三回

問題2では、まず質問を聞いてください。そのあと、問題用紙のせんたくしを読んでください。読む時間があります。それから話を聞いて、問題用紙の1から4の中から最もよいものを一つ選んでください。

(2-20) 例　【答案詳見：233頁】　　　答え：① ② ③ ④

1　パソコンを使い過ぎたから

2　コーヒーを飲みすぎたから

3　部長の話が長かったから

4　会議室の椅子が柔らかすぎるから

(2-21) 1番　【答案跟解説：104頁】　　　答え：① ② ③ ④

1　予定の宿泊所が工事中だから

2　別の宿泊施設が遠いから

3　交通費が高くなりそうだから

4　乗り物酔いをするから

2番 【答案跟解説：106頁】　　　　答え：① ② ③ ④

1　感謝している
2　のんびりしている
3　焦っている
4　退屈している

 3番 【答案跟解説：108頁】　　　　答え：① ② ③ ④

1　大学
2　スーパー
3　本屋
4　出版社

模擬試題

もんだい

1

もんだい

❷

もんだい

3

もんだい

4

もんだい

5

1 商品の値段が上がったから

2 商品が置かれていなかったから

3 商品の値段がわかりにくかったから

4 商品にまちがった値段がついていたから

1 父親が苦手だから

2 家にお菓子がなかったから

3 好きなものが買えないから

4 母親が心配だから

⌢2-26 6番 【答案跟解説：114頁】　答え：① ② ③ ④

1　お祝_{いわ}いのプレゼント

2　ゲームの商品_{しょうひん}

3　花嫁_{はなよめ}と花婿_{はなむこ}

4　花束_{はなたば}

⌢2-27 7番 【答案跟解説：116頁】　答え：① ② ③ ④

1　立川部長_{たちかわぶちょう}との打_うち合_あわせに必要_{ひつよう}だから

2　立川部長_{たちかわぶちょう}が急_{いそ}いでいるから

3　今日_{きょう}から出張_{しゅっちょう}だから

4　新製品_{しんせいひん}の発売_{はっばい}が来月_{らいげつ}だから

問題2では、まず質問を聞いてください。そのあと、問題用紙のせんたくしを読んでください。読む時間があります。それから話を聞いて、問題用紙の1から4の中から最もよいものを一つ選んでください。

1番

大学で先生と女の学生が話しています。女の学生はどんな気持ちですか。

M：山田さん、研修旅行の計画書、見ましたよ。

F：これでいいでしょうか。

M：ただ、この宿泊所なんだけど、今年は工事中で、別の施設を使わないとだめだよ。

F：そうですか。では、箱根の保養所に、すぐあたってみます。みんなすごく楽しみにしているんで、がんばって準備します。

M：そうですか。箱根なら一番近い駅からでもバスで一時間近くかかるから、大学からバスを使った方がいいですね。高速代はかかるけど、特急の指定席よりは安いでしょう。

F：えっ、バスですか。

M：何かまずい？

F：そういうわけではないんですが、箱根はけっこう*カーブや坂が多いので…それに渋滞もあるし。でもまあ、…大丈夫です。酔い止めの薬を飲んで行きますので。 ☐1 ◁─ 關鍵句

M：じゃ、その計画で行こう。

F：はあ…。

☐ 宿泊所　宿營地，旅館

☐ 工事　工程·施工

☐ 施設　設施·設備

☐ カーブ【curve】
　轉彎，拐角

☐ 酔い止め　暈車藥

女の学生はどうして困っているのですか。

1　予定の宿泊所が工事中だから

2　別の宿泊施設が遠いから

3　交通費が高くなりそうだから

4　乗り物酔いをするから

翻譯與解題

もんだい 1

もんだい 2

もんだい 3

もんだい 4

もんだい 5

第二大題。請先聽每小題的題目,再看答案卷上的選項。此時會提供一段閱讀時間。接著聽完對話,從答案卷上的選項1到4當中,選出最佳答案。

(1)

大學教授和女學生正在校園裡討論。請問女學生的心情如何呢?

M:山田同學,培訓宿營的計畫書,我已經看過了。

F:請問有什麼部分需要修改的嗎?

M:關於這個住宿地點,今年在施工,必須改住其他地方才行。

F:這樣嗎?那麼,我馬上去找一找有沒有大企業在箱根的員工研習宿舍可以租用。大家都很期待這一次的宿營,我會努力做好行前規劃的。

M:很好。從距離箱根最近的電車車站搭巴士過去,差不多要一個鐘頭,倒不如直接租一輛巴士從學校開到目的地。雖然要支付高速公路過路費,不過應該比特快車的對號票價還要便宜吧。

F:啊,要搭巴士去嗎?

M:有什麼不妥的嗎?

F:倒不是不妥,只是箱根的彎路和坡道很多……還會塞車……不過,呃……沒問題,可以先吃暈車藥再上車。

M:那麼,就照這樣規劃吧。

F:嗯,好……。

請問女學生為什麼覺得為難呢?

1 因為預訂的住宿地點在施工

2 因為其他的住宿地點太遠了

3 因為交通費似乎很貴

4 因為會暈車

① 對於教授提議搭巴士去,女學生感到為難。從「酔い止めの薬を飲んで行きます(先吃暈車藥再上車)」這句話可知,女學生因為會暈車而感到困擾。

Answer 4

選項1、選項2和選項3都不是導致女學生為難的理由。

(*)相當=「結構(相當)」有許多含意。在這裡表示「なかなか、かなり(非常、十分)」的意思。例句:「あの人、けっこう親切だよ。(那個人相當親切哦!)」

2番

<ruby>会社<rt>かいしゃ</rt></ruby>で<ruby>男<rt>おとこ</rt></ruby>の<ruby>人<rt>ひと</rt></ruby>と<ruby>女<rt>おんな</rt></ruby>の<ruby>人<rt>ひと</rt></ruby>が<ruby>話<rt>はな</rt></ruby>しています。<ruby>男<rt>おとこ</rt></ruby>の<ruby>人<rt>ひと</rt></ruby>はどんな<ruby>気持<rt>きも</rt></ruby>ちですか。

M：<ruby>昨日<rt>きのう</rt></ruby>までに<ruby>来<rt>く</rt></ruby>る<ruby>予定<rt>よてい</rt></ruby>だった<ruby>新製品<rt>しんせいひん</rt></ruby>の<ruby>見本<rt>みほん</rt></ruby>、<ruby>届<rt>とど</rt></ruby>きましたか。

F：まだですね。<ruby>今朝<rt>けさ</rt></ruby><ruby>電話<rt>でんわ</rt></ruby>した<ruby>時<rt>とき</rt></ruby>は、<ruby>宅配便<rt>たくはいびん</rt></ruby>で<ruby>送<rt>おく</rt></ruby>ったってことだったけど。

M：インターネットで、<ruby>今<rt>いま</rt></ruby>、<ruby>荷物<rt>にもつ</rt></ruby>がどの<ruby>辺<rt>あた</rt></ruby>りにあるか<ruby>調<rt>しら</rt></ruby>べましょうか。

F：<ruby>商品<rt>しょうひん</rt></ruby>の<ruby>番号<rt>ばんごう</rt></ruby>は<ruby>田口<rt>たぐち</rt></ruby>さんが<ruby>知<rt>し</rt></ruby>っています。<ruby>調<rt>しら</rt></ruby>べるなら<ruby>田口<rt>たぐち</rt></ruby>さんに<ruby>聞<rt>き</rt></ruby>いてください。

M：<ruby>先方<rt>せんぽう</rt></ruby>に、<ruby>必<rt>かなら</rt></ruby>ず<ruby>昨日<rt>きのう</rt></ruby>のうちにほしいって<ruby>言<rt>い</rt></ruby>っておけばよかったですね。<u>もう<ruby>一度<rt>いちど</rt></ruby><ruby>連絡<rt>れんらく</rt></ruby>して、<ruby>催促<rt>さいそく</rt></ruby>しましょうか。</u> ▎關鍵句

F：<u><ruby>今更<rt>いまさら</rt></ruby><ruby>言<rt>い</rt></ruby>っても<ruby>始<rt>はじ</rt></ruby>まりませんよ。</u>① <ruby>前<rt>まえ</rt></ruby>にも<ruby>言<rt>い</rt></ruby>ったと<ruby>思<rt>おも</rt></ruby>うけど、もっと<ruby>早<rt>はや</rt></ruby>くからいろいろな<ruby>場合<rt>ばあい</rt></ruby>を<ruby>予測<rt>よそく</rt></ruby>して<ruby>動<rt>うご</rt></ruby>くようにしましょう。<u>まあ<ruby>使<rt>つか</rt></ruby>うのは<ruby>来週<rt>らいしゅう</rt></ruby>なんだからあわてないで。</u>② ▎關鍵句 そうでないとミス*が<ruby>重<rt>かさ</rt></ruby>なってしまいますよ。

□ <ruby>見本<rt>みほん</rt></ruby> 樣本

□ <ruby>先方<rt>せんぽう</rt></ruby> 對方

□ ておく 先；暫且

□ <ruby>催促<rt>さいそく</rt></ruby> 催促

□ <ruby>予測<rt>よそく</rt></ruby> 預測

<ruby>男<rt>おとこ</rt></ruby>の<ruby>人<rt>ひと</rt></ruby>はどんな<ruby>気持<rt>きも</rt></ruby>ちですか。

1　<ruby>感謝<rt>かんしゃ</rt></ruby>している

2　のんびりしている

3　<ruby>焦<rt>あせ</rt></ruby>っている

4　<ruby>退屈<rt>たいくつ</rt></ruby>している

翻譯與解題

もんだい 1

もんだい 2

もんだい 3

もんだい 4

もんだい 5

(2)

男士和女士正在公司裡討論。請問男士的心情如何呢？

M：應該昨天就送來的新產品樣本，到現在還沒收到。

F：還沒收到呀？今天早上通電話的時候，那邊說已經用宅配送過來了。

M：要不要我上網查一下東西目前的運送進度呢？

F：田口小姐知道貨物的編號，要查的話，去問一問田口小姐。

M：早知道就先告知對方昨天一定要送達了。要不要我再聯絡一次，催催他們呢？

F：現在才催他們也無濟於事呀，我記得之前就告訴過他們了。以後做事要及早做好周全的準備。反正下星期才用得到，不要緊張，否則反而更容易出錯。

①②由對話中可知，男士正因為新產品樣本還沒送到而不知所措，所以要選和「あわてている（慌張）」意思相同的「焦っている（焦急）」。

Answer **3**

請問男士的心情如何呢？

1　感謝的心情

2　悠哉的心情

3　焦急的心情

4　無聊的心情

（＊）錯＝錯誤（mistake）的簡稱。出差錯、犯下錯誤的意思。

3番

<ruby>番<rt>ばん</rt></ruby>

<ruby>電車<rt>でんしゃ</rt></ruby>の<ruby>中<rt>なか</rt></ruby>で<ruby>男<rt>おとこ</rt></ruby>の<ruby>人<rt>ひと</rt></ruby>と<ruby>女<rt>おんな</rt></ruby>の<ruby>人<rt>ひと</rt></ruby>が<ruby>話<rt>はな</rt></ruby>しています。<ruby>二人<rt>ふたり</rt></ruby>はどこで<ruby>知<rt>し</rt></ruby>り<ruby>合<rt>あ</rt></ruby>いましたか。

M：おはようございます。<ruby>早<rt>はや</rt></ruby>いですね。

F：あ、おはようございます。<ruby>須藤<rt>すどう</rt></ruby>さん、この<ruby>近<rt>ちか</rt></ruby>くにお<ruby>住<rt>す</rt></ruby>まいなんですか。

M：ええ。<ruby>実家<rt>じっか</rt></ruby>なんです。<ruby>親父<rt>おやじ</rt></ruby>が<ruby>本屋<rt>ほんや</rt></ruby>をやってて。<ruby>大学<rt>だいがく</rt></ruby>の<ruby>時<rt>とき</rt></ruby>は<ruby>東京<rt>とうきょう</rt></ruby>に<ruby>行<rt>い</rt></ruby>っていて、しばらくは<ruby>印刷会社<rt>いんさつがいしゃ</rt></ruby>で<ruby>働<rt>はたら</rt></ruby>いてたんですけどね。<ruby>親<rt>おや</rt></ruby>も<ruby>年<rt>とし</rt></ruby>だし<ruby>一緒<rt>いっしょ</rt></ruby>に<ruby>暮<rt>く</rt></ruby>らすことになって。ところで<ruby>大崎<rt>おおさき</rt></ruby>さん、どうですか。<ruby>毎日<rt>まいにち</rt></ruby>。

F：<ruby>前<rt>まえ</rt></ruby>の<ruby>仕事<rt>しごと</rt></ruby>が<ruby>事務<rt>じむ</rt></ruby>で、<ruby>仕事<rt>しごと</rt></ruby>の<ruby>内容<rt>ないよう</rt></ruby>も<ruby>全<rt>まった</rt></ruby>く<ruby>違<rt>ちが</rt></ruby>うんで、<ruby>最初<rt>さいしょ</rt></ruby>はきつかったですけど、<ruby>今<rt>いま</rt></ruby>は<ruby>少<rt>すこ</rt></ruby>し<ruby>慣<rt>な</rt></ruby>れました。みなさん<ruby>親切<rt>しんせつ</rt></ruby>に<ruby>教<rt>おし</rt></ruby>えてくださいますし。<u>レジや<ruby>商品<rt>しょうひん</rt></ruby>を<ruby>並<rt>なら</rt></ruby>べたりするのも<ruby>初<rt>はじ</rt></ruby>めて</u> ＜關鍵句 なので、いろいろご<ruby>迷惑<rt>めいわく</rt></ruby>をかけてしまって、<ruby>申<rt>もう</rt></ruby>し<ruby>訳<rt>わけ</rt></ruby>ないです。①

M：いいんですよ。<ruby>始<rt>はじ</rt></ruby>めはしかたないですよ。<ruby>僕<rt>ぼく</rt></ruby>なんて、<ruby>三日<rt>みっか</rt></ruby>でやめたいと<ruby>思<rt>おも</rt></ruby>ったんですけど、ほら、<u><ruby>店長<rt>てんちょう</rt></ruby>が<ruby>厳<rt>きび</rt></ruby>しいでしょ。やめるって<ruby>言<rt>い</rt></ruby>え</u> ＜關鍵句 なくて、<ruby>結局<rt>けっきょく</rt></ruby><ruby>今<rt>いま</rt></ruby>までやってます。②

F：へえ。そうだったんですか。じゃ、ご<ruby>実家<rt>じっか</rt></ruby>の<ruby>本屋<rt>ほんや</rt></ruby>さんのお<ruby>手伝<rt>てつだ</rt></ruby>いも？

M：ええ。スーパーの<ruby>仕事<rt>しごと</rt></ruby>が<ruby>休<rt>やす</rt></ruby>みの<ruby>日<rt>ひ</rt></ruby>だけですけどね。

□ <ruby>実家<rt>じっか</rt></ruby> 老家・娘家
□ <ruby>印刷<rt>いんさつ</rt></ruby> 印刷
□ レジ【register】 收銀

<ruby>二人<rt>ふたり</rt></ruby>はどこで<ruby>知<rt>し</rt></ruby>り<ruby>合<rt>あ</rt></ruby>いましたか。

1 <ruby>大学<rt>だいがく</rt></ruby>
2 スーパー
3 <ruby>本屋<rt>ほんや</rt></ruby>
4 <ruby>出版社<rt>しゅっぱんしゃ</rt></ruby>

翻譯與解題

もんだい 1

もんだい ❷

もんだい 3

もんだい 4

もんだい 5

(3)

男士和女士正在電車裡聊天。請問他們兩人是在哪裡認識的呢？

M：早安。這麼早就出門了？

F：啊，須藤先生早安。您住在這附近嗎？

M：是啊，爸媽家在這裡。我老爸開書店。我到東京讀大學，然後在印刷公司工作了一陣子。後來考慮爸媽上了年紀，所以搬回來住了。對了，大崎小姐，妳現在適應了嗎？

F：上一份是行政工作，和現在的工作性質完全不一樣。一開始真的很不習慣，最近漸漸適應了。同事都很親切地指導我。我從來沒有站過收銀櫃臺，也沒學過如何把貨品上架，添了同事不少麻煩，覺得很過意不去。

M：別放在心上，一開始難免不熟悉，我當初才做三天就想辭職了。不過妳也知道，店長很兇嘛，所以也不敢開口說不想待了，結果就這樣一直做到現在了。

F：是哦，原來如此。那麼，您也會幫忙家裡開的書店嗎？

M：是啊，不過只有超市排班輪休的日子才幫忙。

> ①②從男士說「ほら、店長が厳しいでしょ。(不過妳也知道，店長很兇嘛！)」可知，女士辭去行政工作後，和男士在同一家超市工作。兩人認識的地方就是這家超市。

--- **Answer** 2

請問他們兩人是在哪裡認識的呢？

1　大學

2　超市

3　書店

4　出版社

> 選項 1，男士是去東京念大學的。

> 選項 3，男士的老家是開書店的。

> 選項 4，男士曾在印刷公司工作了一陣子。

4番
ばん

店員と客が話しています。店員が謝っている理由
は何ですか。

F：あの、これ、あそこにあったペンなんですが、
おいくらでしょうか。他の、ちょっと形が違
うものは2,000円と書いてあるんですけど、
これはわからなくて。

M：ええと、こちらは…少々お待ちください。す
ぐ調べます。3,000円になります*。

F：あ、わかりました。ここに書いてあるのが値
段なんですね。

M：<u>申し訳ありません。値段の表示がなかったで</u> ─ 關鍵句
<u>すね。</u>
1

F：いえ、ここにあるんですよ。ありがとうござ
います。ちゃんと見なくて。お手数おかけし
ました。

M：いえ、いえ、とんでもない。<u>商品のコーナー</u> ─ 關鍵句
<u>に表示するようにいたします。本当に申し訳</u>
<u>ありません。</u>
2

□ 表示 表示
ひょうじ

□ コーナー
【corner】陳列
區，櫃位；角落

店員が謝っている理由は何ですか。
てんいん　あやま　　　　　りゆう　なん

1　商品の値段が上がったから
しょうひん　ねだん　あ

2　商品が置かれていなかったから
しょうひん　お

3　商品の値段がわかりにくかったから
しょうひん　ねだん

4　商品にまちがった値段がついていたから
しょうひん　　　　　　　　　ねだん

翻譯與解題

もんだい 1

もんだい ②

もんだい 3

もんだい 4

もんだい 5

(4)

店員和顧客正在交談。請問店員為什麼要道歉呢？

F：不好意思，這支筆是擺在那邊的，我想請問多少錢呢？另一款形狀不太一樣的，上面標注的是兩千圓，但是這一款找不到標價。

M：呃，這支筆是……請稍等一下，我馬上查價格。……這支是三千圓。

F：喔，謝謝。價錢就是寫在這裡的這個數字吧？

M：非常抱歉，上面沒寫標價。

F：噢不，就寫在這裡。謝謝，是我沒有仔細看清楚，添麻煩了。

M：不不不，請別這麼説。我們立刻到陳列區補上標價。真的很抱歉。

> ①②店員説「申し訳ありません（非常抱歉）」是為了筆的價格標示不清楚而向顧客道歉。

Answer **3**

請問店員為什麼要道歉呢？

1 因為商品漲價了
2 因為商品沒有擺出來
3 因為商品的價格標示不清楚
4 因為商品貼錯標價

> 選項1，兩千圓的筆和三千圓的筆是不同的商品，並非漲價，所以不是店員道歉的理由。

> 選項2和選項4的內容在對話中並沒有提到。

（＊）是三千圓＝這句話的意思並不是兩千圓的東西漲至三千圓，而是單純指這件商品「3,000円です（是三千圓）」的意思。這是服務業近年來慣用的商業用語。

5番

<ruby>父親<rt>ちちおや</rt></ruby>と<ruby>女<rt>おんな</rt></ruby>の<ruby>子<rt>こ</rt></ruby>が<ruby>話<rt>はな</rt></ruby>しています。<ruby>女<rt>おんな</rt></ruby>の<ruby>子<rt>こ</rt></ruby>はどうして<ruby>泣<rt>な</rt></ruby>いているのですか。

M：しかたがないじゃないか。<ruby>今日<rt>きょう</rt></ruby>は<ruby>学校<rt>がっこう</rt></ruby>から<ruby>帰<rt>かえ</rt></ruby>ってくるのが<ruby>遅<rt>おそ</rt></ruby>かったんだから。それに、ほら、ちゃんとお<ruby>父<rt>とう</rt></ruby>さんがいたんだし。

F：だって、ちょっと<ruby>待<rt>ま</rt></ruby>っててくれればよかったのに。

M：ああ、お<ruby>母<rt>かあ</rt></ruby>さんはすぐに<ruby>帰<rt>かえ</rt></ruby>ってくるよ。きっとおいしいものを<ruby>買<rt>か</rt></ruby>ってきてくれるさ。

F：でも、いっしょに<ruby>行<rt>い</rt></ruby>きたかった、<ruby>私<rt>わたし</rt></ruby>。

M：<ruby>何<rt>なに</rt></ruby>かほしいものがあったのか。わかった。<ruby>新<rt>あたら</rt></ruby>しいお<ruby>菓子<rt>かし</rt></ruby>だね？　それは、じゃあ、<ruby>明日<rt>あした</rt></ruby>お<ruby>父<rt>とう</rt></ruby>さんが<ruby>買<rt>か</rt></ruby>ってきてあげるよ。だから、もう<ruby>泣<rt>な</rt></ruby>かないで。

F：そんなんじゃないよ*。<u>もうすぐ<ruby>暗<rt>くら</rt></ruby>くなるでしょう。そうしたら、お<ruby>母<rt>かあ</rt></ruby>さんが<ruby>一人<rt>ひとり</rt></ruby>で<ruby>帰<rt>かえ</rt></ruby>ってくるとき、あぶないよ。</u>1 ◁ 關鍵句

M：なんだ。そういうことか。お<ruby>母<rt>かあ</rt></ruby>さんは<ruby>大人<rt>おとな</rt></ruby>だもん、<ruby>大丈夫<rt>だいじょうぶ</rt></ruby>だよ。

□ だって　因為，但是

<ruby>女<rt>おんな</rt></ruby>の<ruby>子<rt>こ</rt></ruby>はどうして<ruby>泣<rt>な</rt></ruby>いているのですか。

1　<ruby>父親<rt>ちちおや</rt></ruby>が<ruby>苦手<rt>にがて</rt></ruby>だから
2　<ruby>家<rt>うち</rt></ruby>にお<ruby>菓子<rt>かし</rt></ruby>がなかったから
3　<ruby>好<rt>す</rt></ruby>きなものが<ruby>買<rt>か</rt></ruby>えないから
4　<ruby>母親<rt>ははおや</rt></ruby>が<ruby>心配<rt>しんぱい</rt></ruby>だから

翻譯與解題

もんだい 1

もんだい 2

もんだい 3

もんだい 4

もんだい 5

(5)

爸爸和小女孩正在談話。請問小女孩為什麼在哭呢？

M：沒辦法啊，今天從學校回來比較晚嘛。而且，妳看，有爸爸在這裡陪妳呀！

F：可是，為什麼不等一等人家嘛！

M：喔，媽媽馬上就回來了呀。一定是去幫妳買好吃的東西囉！

F：可是，人家很想和媽媽一起走嘛！

M：妳是不是想買什麼東西？爸爸知道了，妳想要新上市的餅乾吧？那，明天爸爸幫妳買回來，現在不要再哭哭囉！

F：不是那樣啦！馬上就天黑了，天黑了以後，媽媽一個人走回家，很危險地！

M：哎，原來妳擔心這個啊。媽媽是大人了，不會有事的。

> ①小女孩因為擔心媽媽等一下必須走夜路回家，所以在哭。

Answer **4**

請問小女孩為什麼在哭呢？

1 因為不擅長應付爸爸

2 因為家裡沒有喜歡的餅乾

3 因為沒買到喜歡的東西

4 因為擔心媽媽

（＊）不是那樣啦＝不是那麼回事啦。這裡的意思是，並非因為想要新上市的餅乾而哭。

6番

男の人と女の人がパーティの受付で話しています。
二人は何を待っていますか。

M：来ないですね。

F：開場まであと 10 分だけど、間に合うかな。プレゼントもゲームももう来てるのに。

M：注文した時、すごく混んでいたんです。まさか間に合わないということはないと思うんだけど。

F：まあ、二人のスピーチは終わり近くで、ご両親に渡すのはその時だから、開場までに間に合わなくても大丈夫だけど、ちょっと心配ですよね。 **←關鍵句**①

M：まあ、いざとなれば、会場に生けてあるので間に合わせることはできるかもしれないけど。②

F：へえ。そんなことってできるんですか。

M：親戚の結婚式で、やっぱり間に合わなくて、教会の椅子に飾ってあったのをまとめて作ったそうですよ。白い花ばかりだったけど、二人はかえって喜んでたって。でも、うーん、今日は間に合ってほしいです。花嫁さんの好きなのを選んだそうなんで。

□ 混む 擁擠

□ まとめる 集中；整理

□ かえって 反倒

二人は何を待っていますか。

1　お祝いのプレゼント

2　ゲームの商品

3　花嫁と花婿

4　花束

翻譯與解題

もんだい

1

もんだい

❷

もんだい

3

もんだい

4

もんだい

5

(6)

男士和女士正在酒會的接待處談話。請問他們兩人在等什麼呢？

M：怎麼還不送來呢？

F ：還有十分鐘才正式開始，不曉得來不來得及。禮物和遊戲道具都已經送來了。

M：去預定的時候，店裡顧客很多，實在沒想到居然會趕不上時間。

F ：反正等到兩位新人的致詞接近尾聲時，才要送給雙方父母，就算來不及趕在正式開始前送到也沒關係，只是有點擔心罷了。

M：好吧，萬一真的來不及，或許可以用會場布置的那些臨時趕出來。

F ：哦，有這個方法喔？

M：我有個親戚的婚禮也一樣來不及拿到，就把裝飾在教會椅子上的那些收集起來做出來了。雖然全部都是白色的花，但是那對新人覺得比原來準備的更漂亮。不過，嗯，今天還是希望來得及送到，因為挑選的花聽說都是新娘喜歡的。

> ①②兩人正在等待要在婚禮上送給新娘新郎父母的花束送到。

Answer **4**

請問他們兩人在等什麼呢？

1　祝賀禮物

2　遊戲的商品

3　新娘和新郎

4　花束

> 選項1和選項2，對話中提到禮物和遊戲道具都已經送到會場了。

> 選項3，因為還有十分鐘典禮就開始了，所以新娘和新郎不可能還沒來。

7番

男の人と女の人が会社で話しています。男の人が女の人に書類作成を急いでほしい理由は何ですか。

M：中村さん。すみませんが、さっきの書類、急いで作ってもらえませんか。

F：請求書の印刷が全部終わったらするつもりですが、お急ぎですか。

M：竹中産業の立川部長が来るんだけど、それを見ながら打ち合わせをしたいんだ。① <關鍵句

F：全ページ作った方がよろしいでしょうか。

M：いや、立川部長に見てほしいのは、来月発売の製品についてだから、だいたい 10 ページぐらいでいいよ。君が今日から出張なのはわかっているんだけど、なんとか頼むよ。

F：立川部長がいらっしゃるのは何時ですか。

M：2 時過ぎだから、あと 1 時間しかない。僕ができればいいんだけど、今、その新製品のことで新聞社が取材に来ていて。そんなわけで、急いでくれる？

F：わかりました。

□ 作成 製作，制定
□ 請求書 請款單；訂單
□ 打ち合わせ 商量，討論
□ 発売 發售
□ 取材 採訪

男の人が女の人に書類作成を急いでほしい理由は何ですか。

1 立川部長との打ち合わせに必要だから
2 立川部長が急いでいるから
3 今日から出張だから
4 新製品の発売が来月だから

翻譯與解題

もんだい 1

もんだい ❷

もんだい 3

もんだい 4

もんだい 5

(7)

男士和女士正在公司裡交談。請問男士為什麼要催女士趕製文件呢？

M：中村小姐，不好意思，剛才給妳的文件，可以幫忙盡快趕出來嗎？

F：我本來打算先把請款單全部印完再來做，很急嗎？

M：竹中產業的立川經理等一下要來，我希望能一面對照那份文件，一面和他開會討論。

F：請問是否要把所有的頁數都打字列印呢？

M：不用，我想讓立川經理看的部分是下個月即將上市的產品，頂多十頁就夠了。我知道妳今天就要出差，麻煩多多擔待了。

F：立川經理幾點過來？

M：兩點以後，所以剩不到一小時了。如果有時間的話我就自己做了，可是現在報社的人來採訪，要報導那項新產品。所以，可以請妳幫忙趕文件嗎？

F：好，知道了。

①男士希望將文件盡快趕出來，是因為和竹中產業的立川經理開會時需要用到這份文件。

Answer 1

請問男士為什麼要催女士趕製文件呢？

1 因為和立川經理開會需要文件
2 因為立川經理很急
3 因為今天要出差
4 因為下個月新產品要上市

選項 2，立川經理還沒抵達公司。

選項 3，今天要出差的是女士。

選項 4，新產品的上市和製作文件沒有關係。

MEMO

概要理解

在聽取完整的會話段落之後，測驗是否能夠理解其內容（測驗是否能夠從整段會話中理解說話者的用意與想法）。

考前要注意的事

▶ 作答流程 & 答題技巧

聽取說明	先仔細聽取考題説明
聽取問題與內容	測驗目標是在聽取一人（或兩人）講述的內容之後，理解談話的主題或聽出説話者的目的和主張。選項不會印在考卷上。 內容順序一般是「提問 ➡ 單人（或兩人）講述 ➡ 提問＋選項」 預估有 6 題左右 **1** 文章篇幅較長，內容較抽象、具邏輯性，配分一般較高。 **2** 提問及選項都在錄音中，所以要邊聽邊在答案卷上作筆記，不需要太注意細節。通常答案不會只在一句話裡，因此必須歸納多個關鍵字和重點才能得到答案。 **3** 多次出現的詞彙多半是解題的關鍵。
答題	再次仔細聆聽問題，選出正確答案

N1 聴力模擬考題　問題3　第一回　(3-1)

問題3では、問題用紙に何も印刷されていません。この問題は、全体としてどんな内容かを聞く問題です。話の前に質問はありません。まず話を聞いてください。それから、質問とせんたくしを聞いて、1から4の中から、最もよいものを一つ選んでください。

(3-2) **れい**　　【答案詳見：234頁】　　　　答え：① ② ③ ④

- メモ -

(3-3) **1番**　　【答案跟解説：122頁】　　　　答え：① ② ③ ④

- メモ -

(3-4) **2番**　　【答案跟解説：124頁】　　　　答え：① ② ③ ④

- メモ -

(3-5) 3番 【答案跟解説：126 頁】　　　答え：① ② ③ ④

- メモ -

(3-6) 4番 【答案跟解説：128 頁】　　　答え：① ② ③ ④

- メモ -

(3-7) 5番 【答案跟解説：130 頁】　　　答え：① ② ③ ④

- メモ -

(3-8) 6番 【答案跟解説：132 頁】　　　答え：① ② ③ ④

- メモ -

問題3では、問題用紙に何も印刷されていません。この問題は、全体としてどんな内容かを聞く問題です。話の前に質問はありません。まず話を聞いてください。それから、質問とせんたくしを聞いて、1から4の中から、最もよいものを一つ選んでください。

1番

会社の会議で、男の人が話しています。

M：昨年以来、わが社の売り上げが下降していることは、皆さんご承知のとおりです。材料の値上げに加え、石油価格の上昇に伴った輸送燃料費の値上げなど、楽観的にはなれない状況ですから、社員が力を合わせて業務に取り組んでいることは頼もしく思っています。ただ、そのような中で、昨年度ののべ残業日数、時間は、かつてないほどでありました。これは、全社員を家族と考える私としては、危機感を抱かずにはいられません。 ⟵ 關鍵句 ①

わが社にも、家族の介護や育児などといった問題を抱えている方もおられるはずです。新入社員も例外ではありません。各課、各部署の責任者は、日頃の仕事の効率を考え、一人一人の業務の量や、能力の適正さを把握するという職務を、責任をもって果たしてもらいたいと思います。 ⟵ 關鍵句 ②

□ 介護 照顧病人或老人
□ 上昇 上升，提高
□ 伴う 伴隨；隨著
□ 楽観的 樂觀的
□ かつてない 前所未有的
□ 部署 工作崗位，職守
□ 効率 效率
□ 業務 業務，工作

男の人は、誰に何を指示していますか。

1 社員に、遅刻や欠勤をしないように指示している。

2 社員に、節電をするように話している。

3 課長や係長に、もっとサービスを改善して売り上げを伸ばすように指示している。

4 課長や係長に、社員の仕事量や内容が適当かよく注意するように指示している。

翻譯與解題

もんだい 1

もんだい 2

もんだい ❸

もんだい 4

もんだい 5

第三大題。答案卷上沒有印任何圖片和文字，這一大題在測驗是否能聽出內容主旨。在說話之前，不會先提供每小題的題目。請先聽完對話，再聽問題和選項，從選項 1 到 4 當中，選出最佳答案。

(1)

男士正在公司的會議中發表意見。

M：如同各位所知，從去年開始，本公司的銷售數字持續下降。在原料漲價以及石油價格上升所伴隨而來的運輸燃料費調漲等等因素之下，導致營運現狀並不樂觀。面臨這樣的時刻，所有員工能夠通力合作為公司奮鬥，相當值得欣慰；不過也因此，前一年度的總加班日數與時數均創下歷年新高。這對於將全體員工視為家人的我而言，感受到不小的危機。本公司應該也有部分員工必須照顧罹患疾病的家人或是養育年幼的子女，即使是新進員工也不例外。希望各部門與各科室的主管務必善盡職責，能夠在考量日常工作效率的前提之下，確實掌握所有部屬的業務量，並且適才適用。

①②對於加班日數與時數過多的現象，説話者正在向「各課、各部署の責任者（各部門與各科室的主管）」下達指示，要求科長和股長應該確實掌握部屬的業務量是否適當。

Answer **4**

請問男士正在對誰下達指示呢？

1　正在指示員工不可遲到及曠職。

2　正在告訴員工要節約用電。

3　正在指示科長和股長必須加強服務以促進銷售量。

4　正在指示科長和股長必須謹慎評估員工的工作量及工作內容是否恰當。

選項 1 和選項 2，對話中並沒有提到遲到或曠職，以及節約用電的相關事宜。

選項 3，雖然銷售量下降，但説話者認可員工的努力。

2番

女の人が、テレビで話しています。

F：最近、野菜ジュースを飲む人が増えているようです。コンビニでは、カップヌードルと一緒に買っている人もよく見かけます。市販の野菜ジュースの中には、ジュースにした方が摂りやすい栄養もあるのですが、気をつけなければならないのは、砂糖と塩の摂りすぎです。ずいぶん砂糖が入っているものもあるし、塩で味がついているものは、野菜自体に含まれている分も含めると一日の必要量を超えてしまいます。 ① 栄養が偏る危険性もあります。いくら日本人が野菜不足だからと言っても、たくさん飲めば健康にいいというわけではないのです。 ② ③ ご家庭で作ればこの点は調整できますね。キャベツとリンゴ、トマトとオレンジなど、いろんな組み合わせも楽しいです。しかし、冷たいものは内臓を冷やすことになりますから、何事もほどほどがいちばんです。

關鍵句
關鍵句
關鍵句

□ カップヌードル【cup noodles】 杯麵
□ 市販 市售
□ 調整 調整
□ キャベツ【cabbage】 高麗菜
□ 組み合わせ 組合
□ 内臓 內臟
□ ほどほど 適當的

女の人は野菜ジュースについてどう考えていますか。

1 市販の野菜ジュースの飲みすぎは、体によくない。

2 カップヌードルを食べるときは、野菜ジュースが必要だ。

3 砂糖や塩が多く含まれるので、飲まない方がいい。

4 家で作ったものなら、いくら飲んでもいい。

翻譯與解題

もんだい 1

もんだい 2

もんだい ❸

もんだい 4

もんだい 5

(2)

女士正在電視節目上發表意見。

F ：最近好像有愈來愈多人飲用蔬果汁了。我常在便利商店看到民眾同時選購杯麵和蔬果汁。市售的蔬果汁中，雖然含有某些營養素是以果汁的型態攝取比較容易被身體吸收利用，但這時必須注意的是，會不會導致糖和鹽的攝取過量。有些產品加了大量的糖，而有些摻了鹽以增加風味的產品，則因為蔬菜本身也含有鹽分，加總之後超過了每日攝取量的上限，因而導致了營養不均衡的危險性。雖然統計數據顯示日本人的蔬菜攝取量不足，但並不是大量飲用蔬果汁就對健康有百利而無一害。如果在家裡自己榨蔬果汁，就不會有這樣的隱憂了。例如可以選用高麗菜和蘋果，或是番茄搭配柳橙等等，用不同的蔬果組合享受飲用的樂趣。不過要小心的是，冰冷的食物會讓內臟受寒，所以任何事都要避免過與不及。

①②③女士提醒大家注意不要過量飲用市售的蔬果汁。

Answer 1

請問女士對於蔬果汁有什麼看法呢？

1 市售的蔬果汁飲用過量將有礙健康。

2 吃杯麵的時候必須搭配蔬果汁。

3 蔬果汁含有太多糖和鹽，最好不要喝。

4 若是在家裡榨出來的蔬果汁，可以盡量喝沒關係。

選項 2，女士是說常看到民眾同時選購杯麵和蔬果汁。

選項 3，女士並沒有說「飲まない方がいい（最好不要喝）」。

選項 4，女士並沒有說「いくら飲んでもいい（盡量喝沒關係）」。

3番

<ruby>駅<rt>えき</rt></ruby>で、<ruby>駅員<rt>えきいん</rt></ruby>と<ruby>女<rt>おんな</rt></ruby>の<ruby>人<rt>ひと</rt></ruby>が<ruby>話<rt>はな</rt></ruby>しています。

F：あのう、すみません。

M：はい。

F：たった<ruby>今<rt>いま</rt></ruby>なんですが、<ruby>電車<rt>でんしゃ</rt></ruby>の<ruby>中<rt>なか</rt></ruby>に<ruby>忘<rt>わす</rt></ruby>れ<ruby>物<rt>もの</rt></ruby>をしてしまいまして。

M：<ruby>上<rt>のぼ</rt></ruby>りの<ruby>電車<rt>でんしゃ</rt></ruby>ですか。

F：ええ。<ruby>棚<rt>たな</rt></ruby>の<ruby>上<rt>うえ</rt></ruby>にのせたまま<ruby>降<rt>お</rt></ruby>りてしまって。<ruby>黒<rt>くろ</rt></ruby>い<ruby>猫<rt>ねこ</rt></ruby>の<ruby>絵<rt>え</rt></ruby>のバッグに<ruby>入<rt>はい</rt></ruby>ってるバイオリンです。バッグはいいんですけど、<ruby>中身<rt>なかみ</rt></ruby>は<ruby>思<rt>おも</rt></ruby>い<ruby>出<rt>で</rt></ruby>のあるもので…。

M：<ruby>何両目<rt>なんりょうめ</rt></ruby>か<ruby>覚<rt>おぼ</rt></ruby>えていますか。

F：ええっと…<ruby>何両目<rt>なんりょうめ</rt></ruby>の<ruby>車両<rt>しゃりょう</rt></ruby>かはちょっと…ああ、でも<ruby>前<rt>まえ</rt></ruby>の<ruby>方<rt>ほう</rt></ruby>です。<ruby>前<rt>まえ</rt></ruby>から<ruby>二両目<rt>にりょうめ</rt></ruby>だと<ruby>思<rt>おも</rt></ruby>います。

M：わかりました。<u>もしかしたら<ruby>終点<rt>しゅうてん</rt></ruby>の<ruby>駅<rt>えき</rt></ruby>で<ruby>回収<rt>かいしゅう</rt></ruby>できるかもしれません</u>ので<ruby>連絡<rt>れんらく</rt></ruby>します。もし<ruby>回収<rt>かいしゅう</rt></ruby>できなかったとしても、<ruby>誰<rt>だれ</rt></ruby>かが<ruby>届<rt>とど</rt></ruby>けてくれるかもしれません。その<ruby>場合<rt>ばあい</rt></ruby>は<ruby>少<rt>すこ</rt></ruby>し<ruby>時間<rt>じかん</rt></ruby>がかかります。こちらにあなたの<ruby>電話番号<rt>でんわばんごう</rt></ruby>をお<ruby>書<rt>か</rt></ruby>きください。あと、ご<ruby>住所<rt>じゅうしょ</rt></ruby>とお<ruby>名前<rt>なまえ</rt></ruby>もお<ruby>願<rt>ねが</rt></ruby>いします。

＜關鍵句

- □ バイオリン【violin】 小提琴
- □ <ruby>車両<rt>しゃりょう</rt></ruby> 車廂，車輛
- □ <ruby>回収<rt>かいしゅう</rt></ruby> 回收，收回
- □ <ruby>届<rt>とど</rt></ruby>ける 送到，提交；申報

<ruby>駅員<rt>えきいん</rt></ruby>は、これから<ruby>何<rt>なに</rt></ruby>をしますか。

1　<ruby>終点<rt>しゅうてん</rt></ruby>の<ruby>駅<rt>えき</rt></ruby>に<ruby>行<rt>い</rt></ruby>く。

2　<ruby>終点<rt>しゅうてん</rt></ruby>の<ruby>駅<rt>えき</rt></ruby>から<ruby>連絡<rt>れんらく</rt></ruby>が<ruby>来<rt>く</rt></ruby>るのを<ruby>待<rt>ま</rt></ruby>つ。

3　<ruby>終点<rt>しゅうてん</rt></ruby>の<ruby>駅<rt>えき</rt></ruby>に<ruby>連絡<rt>れんらく</rt></ruby>して、<ruby>忘<rt>わす</rt></ruby>れ<ruby>物<rt>もの</rt></ruby>を<ruby>探<rt>さが</rt></ruby>してもらう。

4　<ruby>見<rt>み</rt></ruby>つけた<ruby>人<rt>ひと</rt></ruby>が<ruby>連絡<rt>れんらく</rt></ruby>してくれるのを<ruby>待<rt>ま</rt></ruby>つ。

翻譯與解題

もんだい 1

もんだい 2

もんだい ❸

もんだい 4

もんだい 5

(3)

站務員和女士正在車站裡交談。

Ｆ：不好意思，打擾一下。

Ｍ：請説。

Ｆ：我剛剛把東西忘在電車上了。

Ｍ：請問是上行電車嗎？

Ｆ：對。東西還放在置物架上沒拿就下車了。是一把小提琴，裝在有黑貓圖案的袋子裡。袋子倒是無所謂，可是裡面的東西有紀念價值……。

Ｍ：您記得是第幾車廂嗎？

Ｆ：我想想看……是第幾車廂呢……不太記得了，不過是比較靠近車頭那邊。我想應該是從前面數來的第二節車廂。

Ｍ：好的，我聯絡一下，説不定會在終點站找到您的遺失物；即使沒能找到，也可能有人會送來招領。如果是後者，需要等久一點。請將您的電話號碼登錄在這裡，還有，也請留下您的住址和大名。

> ①因為站務員説或許會在終點站找回遺失物，因此選項 3 是正確答案。

Answer 3

請問站務員接下來要做什麼呢？

1 去終點站。

2 等待來自終點站的聯繫。

3 和終點站那邊聯絡，請他們協尋遺失物。

4 等待撿到遺失物的人主動聯繫。

> 選項 1 和選項 2，對話中並沒有提到「終点の駅に行く（去終點站）」以及「終点の駅から連絡が来るのを待つ（等待來自終點站的聯繫）」。

> 選項 4，對話中雖然提到「誰かが届けてくれるかもしれない（可能有人會送來招領）」，但這並不是站務員接下來要做的事。

4番

テレビで、レポーターが話しています。

F：人工知能、すなわち AI が病気の診断を支援するシステムが、医科大学と企業の共同で開発され、昨日、都内で試験が行われました。このシステムは、患者の症状を入力すると、人工知能が病名とその確率を計算して示す仕組みになっていて、来年度から実験が始まります。どんなシステムかというと、まず、普通なら患者が紙にペンで記入する質問票は書かないで、人型ロボット相手に言葉で伝えます。その後、医師の診察が行われ、さらに患者の症状などが電子カルテに追加され、それらの情報を受けた人工知能は、患者の診療データなどを集めたデータバンクをもとに、可能性のある病名とその確率、必要な検査などを提示します。このシステムが実用化されれば、見落としてはならない病気に医師が気付くことができ、新人の医師の経験不[1]足を補うことも期待されます。

> 關鍵句

□ すなわち 亦即，也就是
□ 診断 診斷
□ 支援 支援
□ 開発 開發；發展
□ 症状 症狀
□ 仕組み 結構，構造；企畫
□ システム【system】系統
□ カルテ【(德) Karte】病歷

新しいシステムの開発によって、何が期待されると言っていますか

1 早く病名がわかること。
2 医師不足が解消されること。
3 今まで治らなかった病気の薬ができること。
4 病気を見逃すことが少なくなること。

翻譯與解題

もんだい 1

もんだい 2

もんだい ❸

もんだい 4

もんだい 5

(4)

播報員正在電視節目上報導。

F：人工智慧，亦即支協助疾病診斷的AI系統，目前已由醫學大學與企業共同研發完成，於昨天在東京都內進行了測試。這個系統即將於下一年度進入實驗階段，其設計概念是輸入患者的症狀，經過人工智慧計算之後顯示病名與確診率。關於系統的詳細運作模式，首先，患者不必再和目前一樣拿筆填寫紙本的初診單，而是直接口頭告知機器人即可。接下來，經過醫師的診察，將患者的症狀等相關事項繼續填列在電子病歷上，而人工智慧接收到這些資訊之後，逕行於已經彙集許多患者診療資料的資料庫中搜尋比對，然後顯示可能罹患的病名、確診率，以及必須接受的檢查項目。若是這項系統能夠廣泛運用，將可達到幫助醫師做出精準的疾病診斷，以及輔助資淺醫師經驗不足的預期目標效果。

①播報員提到「見落としてはならない病気に医師が気付くことができ（將可達到幫助醫師做出精準的疾病診斷）」，所以選項4是正確答案。

-------- Answer **4**

這段話指出，研發出來的新系統具有什麼樣的預期目標效果呢？

1　盡早得知病名。

2　解決醫師人力不足的問題。

3　能夠發明目前無法治癒的疾病的藥物。

4　能夠降低疾病的未確診率。

播報員並沒有提到選項1、2、3的內容。

5番
ばん

電車の中で、女の人と男の人が話しています。
でんしゃ なか おんな ひと おとこ ひと はな

M：久しぶり。
ひさ

F：ほんと。いつ以来かな。最後に会ったの。
いらい さいご あ

M：もうずいぶん前だよね。たけしの結婚式？
まえ けっこんしき

F：うーん、そうかなあ、同窓会じゃなかったっけ。一昨年の
どうそうかい おととし
堀内先生が退職されるからって、集まった。
ほりうちせんせい たいしょく あつ

M：ああ、六年の時の担任だった堀内先生、そうか退職なんだ。み ＜ 關鍵句
ろくねん とき たんにん ほりうちせんせい たいしょく
んな小学生の時、「ほりっち先生」って呼んでたよな。なつか ＜ 關鍵句
しょうがくせい とき ①せんせい よ
しいなあ。俺、②あの日、ちょうど出張中で行けなかったんだよ。
おれ ひ しゅっちょうちゅう い
山下は何やってんの？ 今から仕事？
やました なに いま しごと

F：ああ、私、去年転勤したんだ。週末は実家に帰ってきてて、今
わたし きょねんてんきん しゅうまつ じっか かえ いま
から新幹線で出勤。鈴木君もこれから仕事？ 中学校で教えて
しんかんせん しゅっきん すずきくん しごと ちゅうがっこう おし
るんだよね。

M：あれ？ 言ってなかったっけ。俺、去年転職しておやじの店、
い おれ きょねんてんしょく みせ
継いだんだ。今営業中だよ。
つ いまえいぎょうちゅう

F：えっ、そうなんだ。知らなかった。
し

□ 同窓会 同學會
どうそうかい

□ 退職 退職
たいしょく

□ 実家 娘家；親生父母家
じっか

□ 出勤 出門上班
しゅっきん

□ 転勤 轉職
てんきん

□ 継ぐ 繼承，承襲
つ

二人は、どんな関係ですか。
ふたり かんけい

1 小学生の時の同級生
しょうがくせい とき どうきゅうせい

2 中学生の時の同級生
ちゅうがくせい とき どうきゅうせい

3 元同僚
もとどうりょう

4 同僚
どうりょう

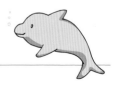

翻譯與解題

もんだい 1

もんだい 2

もんだい ❸

もんだい 4

もんだい 5

(5)

女士和男士正在電車裡聊天。

M：好久不見！

F：真的耶！我們最後一次見面是什麼時候呀？

M：已經是好久以前的事嘍……小武的婚禮上嗎？

F：呃……是嗎，還是同學會呢？就是前年為了歡送堀內老師退休，大家聚在一起辦的那一場。

M：哦，妳是說六年級的級任導師堀內老師啊。是喔，原來他退休了。讀小學的時候，我們都叫他「阿堀老師」對吧？好懷念那段時光喔。我那一天不巧出差了，沒辦法參加同學會。山下妳目前做什麼工作？現在要去上班嗎？

F：喔，我去年換工作了。週末回了老家一趟，正要搭新幹線上班。鈴木你也要去上班嗎？我記得你在中學教書吧。

M：咦？我沒告訴妳嗎？我去年轉換跑道，繼承了老爸的店，現在出來跑業務。

F：嘎，是喔？我沒聽說耶。

> ①②從「六年の時の担任（六年級的級任導師）」、「みんな小学生の時（大家讀小學的時候）」等對話可以得知，男士和女士是小學同學。

Answer 1

他們兩人是什麼關係呢？

1　小學同學
2　中學同學
3　之前的同事
4　同事

> 選項2，女士是中學老師，但並沒有說兩人是中學同學。

> 選項3，對話中沒有提到兩人在同一個地方上班。

> 選項4，現在兩人並沒有從事同樣的工作。

6番

^{ばん}

大学で、先生と学生が話しています。
_{だいがく} _{せんせい} _{がくせい} _{はな}

M：一度先輩に会いに行くといいと思いますよ。
_{いち ど せんぱい} _あ _い _{おも}

F：はい。商品開発のできるところであれば、ぜひうかがってみた ⟨ 關鍵句
_{しょうひんかいはつ}
いです。
①

M：食品関係がいいと言っていたね。卒業した中島さん、覚えてい 關鍵句
_{しょくひんかんけい} _い _{そつぎょう} _{なかじま} _{おぼ}
ますか。お菓子を作る会社でがんばってるよ。彼女なら仕事の ⟨ 關鍵句
_{か し} _{つく} _{かいしゃ} _{かのじょ} _{し ごと}
ことも詳しく教えてくれるでしょう。
_{くわ} _{おし} ③

F：中島さんがいらっしゃったのは、かなり有名な企業でしたが、
_{なかじま} _{ゆうめい} _{き ぎょう}
私の成績で、どうでしょうか。
_{わたし} _{せいせき}

M：ええと、語学が少し苦手だと言っていたけど、専門科目はがん
_{ご がく} _{すこ} _{にが て} _い _{せんもん か もく}
ばっていますね。確か、論文も採用されたんじゃなかったっけ。
_{たし} _{ろんぶん} _{さいよう}

F：はい。語学も英語は大丈夫です。先生、中島先輩にぜひお話を
_{ご がく} _{えい ご} _{だいじょう ぶ} _{せんせい} _{なかじませんぱい} _{はなし}
伺いたいです。
_{うかが}

M：わかった。じゃ、今日にでも連絡をとってみよう。ただ、彼女
_{きょう} _{れんらく} _{かのじょ}
も忙しいかもしれないから、自分でも引き続きがんばってくだ
_{いそが} _{じ ぶん} _{ひ つづ}
さい。

□ 語学 外語
_{ご がく}
□ 専門科目 專業科目
_{せんもん か もく}
□ 論文 論文
_{ろんぶん}
□ 採用 錄用；採用
_{さいよう}
□ 引き続き 繼續
_{ひ つづ}

二人は、何について話していますか
_{ふたり} _{なに} _{はな}

1 大学の授業について
_{だいがく} _{じゅぎょう}
2 学生の進学について
_{がくせい} _{しんがく}
3 学生の就職について
_{がくせい} _{しゅうしょく}
4 先輩の仕事について
_{せんぱい} _{し ごと}

(6)

老師和學生正在大學裡談話。

M：我建議妳不妨去和學姊見個面。

F：好的。只要是能夠從事商品研發的地方，我一定要去拜會一下。

M：妳之前說過希望到食品的相關企業上班吧。還記得之前畢業的那位中島同學嗎？目前在一家甜點製造商努力工作喔。只要找她，一定可以告訴妳很多工作內容。

F：中島學姊任職的是一家相當知名的企業，以我的成績，恐怕不容易被錄取吧。

M：我看看……，妳說外語不是妳的強項，但是專業科目正在認真準備吧？我記得那裡好像也會把畢業論文列入考核項目之中。

F：是的，外語雖然不擅長，但是英文我有把握。老師，我真的很想向中島學姊請益！

M：好，那麼，我今天和她聯絡看看。不過，或許她很忙，妳自己也要繼續加油。

> ①②③對於學生希望到「商品開發ができるところ（能夠從事商品研發的地方）」上班，老師建議她不妨去和中島學姊見個面。由此可知老師和學生在談論有關學生的就業。

Answer **3**

他們兩人正在談論什麼話題呢？

1　關於大學的授課

2　關於學生的升學

3　關於學生的就業

4　關於學姊的工作

> 選項4，關於學姊的工作，老師只是為了向學生說明才稍微提了一下。

N1 聴力模擬考題　問題3　第二回

問題3では、問題用紙に何も印刷されていません。この問題は、全体としてどんな内容かを聞く問題です。話の前に質問はありません。まず話を聞いてください。それから、質問とせんたくしを聞いて、1から4の中から、最もよいものを一つ選んでください。

れい　【答案詳見：234頁】　　　　答え：① ② ③ ④

- メモ -

1番　【答案跟解説：136頁】　　　　答え：① ② ③ ④

- メモ -

2番　【答案跟解説：138頁】　　　　答え：① ② ③ ④

- メモ -

(3-13) 3番　【答案跟解説：140 頁】　答え： ① ② ③ ④

- メモ -

(3-14) 4番　【答案跟解説：142 頁】　答え： ① ② ③ ④

- メモ -

(3-15) 5番　【答案跟解説：144 頁】　答え： ① ② ③ ④

- メモ -

(3-16) 6番　【答案跟解説：146 頁】　答え： ① ② ③ ④

- メモ -

問題3では、問題用紙に何も印刷されていません。この問題は、全体としてどんな内容かを聞く問題です。話の前に質問はありません。まず話を聞いてください。それから、質問とせんたくしを聞いて、1から4の中から、最もよいものを一つ選んでください。

1番

テレビで、女の人が話しています。

F：着物は大きく分けると「礼装」と「礼装以外」に分けられます。礼装は、結婚式やお葬式、入学式、また、改まったパーティなどに着ていくものですから、洋服の場合と同じように、自分の好みだけではなく、守らなければならない決まりもあります。たとえば、素材や、足袋、草履などとのバランスですね。しかし「礼装以外」の、ちょっと友達と会ったり、出かけたりするときに着るものは、自分の好みで選ぶことができます。特に浴衣の着方などはだいぶ自由になってきているようです。着物 ⟨ 關鍵句 を選ぶうえで大事なことは、着ている姿の調和と、周囲との調和だけです。この二つに気をつけて、もっと多くの人に日本の伝統文化である着物を楽しんでいただきたいと思っております。

□ 着物　和服
□ 礼装　禮服
□ 葬式　喪禮
□ 素材　素材
□ 足袋　日式短襪
□ 草履　草鞋
□ 調和　調和

女の人は、着物を着るときに大切なことは何だと言っていますか。

1　礼儀を守ることと約束をやぶらないこと。
2　年齢と、時代に合っているかということ。
3　見た目のバランスと、その場に適当かどうか。
4　普段から自分の趣味に合ったものを着ること。

翻譯與解題

もんだい 1

もんだい 2

もんだい ❸

もんだい 4

もんだい 5

第三大題。答案卷上沒有印任何圖片和文字,這一大題在測驗是否能聽出內容主旨。在說話之前,不會先提供每小題的題目。請先聽完對話,再聽問題和選項,從選項 1 到 4 當中,選出最佳答案。

(1)

女士正在電視節目上發表意見。

F:和服可以大致分為「禮服」與「禮服之外」兩種。禮服指的是參加婚禮、葬禮、開學典禮,以及正式酒宴等等場合的服裝,所以與西式服裝一樣,挑選的重點不僅僅是根據自己的喜好,還必須遵循相關的服裝規範。譬如,禮服的面料、襪套及草屐都必須相互搭配。至於「禮服之外」的和服,則是與朋友見面,或是外出時的服裝,可以依照自己的喜好選擇穿著。尤其近年來在浴衣的穿著方式上,已變得相當隨興。挑選和服的原則,只要注意穿著時儀容姿態的適宜,以及與身邊人事物的融合。只要能夠把握這兩項原則,相信就能讓更多人穿上和服,享受這種日本傳統文化的優美。

> 女士談話內容為和服的種類、挑選方法和挑選重點

> ① 重要的是注意穿著時儀容姿態的適宜,以及與身邊人事物的協調性;亦即是否適合自己,和是否適合穿著出席該場合。

--- Answer 3

請問女士認為穿著和服時的原則是什麼?

1 遵守禮儀與謹守諾言。

2 是否合乎年齡與時代。

3 外觀上是否搭配,以及人事時地物是否合宜得體。

4 平時就該穿著適合自己喜好的服裝。

2番(ばん)

男(おとこ)の人(ひと)と女(おんな)の人(ひと)が、テレビで話(はな)しています。

M：最近(さいきん)、眼鏡(めがね)はかけてないんですね。

F：ええ、私(わたし)はもともと目(め)がよくないんですけど、特(とく)に、読書用(どくしょよう)の眼鏡(めがね)を使(つか)うようになってから、どんどん悪(わる)くなるような気(き)がして、眼鏡(めがね)をかけないようにしています。

M：仕事(しごと)の時(とき)は困(こま)りませんか。

F：まあ、慣(な)れですね。<u>とにかく目(め)に悪(わる)いと思(おも)うことをなるべくやめてます。</u>[1]　　　　　　　　　　　關鍵句

M：ブルーベリーがいいって言(い)いますね。

F：ただ、ブルーベリーなんて毎日(まいにち)そんなに食(た)べられないじゃないですか。もっとも、食生活(しょくせいかつ)には結構気(けっこうき)をつけていますよ。<u>ただ、何(なに)より目(め)をいたわることではないでしょうか。</u>[2]　　關鍵句　ごしごしこすったり、パソコンやスマートフォンを長時間(ちょうじかんつか)使(つか)ったりせず、本(ほん)を読(よ)むにしても優(やさ)しい明(あか)るさの下(した)で読(よ)むように、とか。

□ もともと 原本
□ 読書(どくしょ) 讀書
□ 慣(な)れ 習慣，熟習
□ ブルーベリー【blueberry】
　藍莓
□ ごしごし 使勁的

女(おんな)の人(ひと)は目(め)を悪(わる)くしないためにいちばん大事(だいじ)なことは何(なん)だと考(かんが)えていますか。

1　眼鏡(めがね)をかけないこと。
2　食生活(しょくせいかつ)に気(き)をつけること。
3　よく洗(あら)うこと。
4　目(め)を使(つか)いすぎないこと。

翻譯與解題

もんだい 1

もんだい 2

もんだい ❸

もんだい 4

もんだい 5

(2)

男士和女士正在電視節目中談話。

M：您最近都沒戴眼鏡喔。

F：是呀，我本來視力就不太好，尤其自從配戴閱讀專用眼鏡之後，視力似乎愈來愈差，後來就不戴眼鏡了。

M：這樣工作時不會看不清楚嗎？

F：還好，習慣了。總之，盡量避免做那些有礙視力的事。

> ①②女士提到盡量不要做傷害眼睛的動作，要愛護眼睛。

M：聽說藍莓對眼睛很好喔。

F：不過，也沒辦法天天都吃藍莓呀。還好，我一向注重飲食健康。不過最重要的是，不要做傷害眼睛的動作，比方拚命揉眼睛。還有，不要過度使用電腦和智慧型手機，看書時也要在柔和的光線下閱讀等等。

Answer **4**

請問女士認為不讓視力惡化，最重要的事情是什麼？

1 不戴眼鏡。

2 注重飲食健康。

3 洗乾淨。

4 不要用眼過度。

> 選項 1，雖然女士說自從戴上眼鏡之後，感覺視力變差了，但並沒有說為了不讓視力惡化，最重要的就是別戴眼鏡。

> 選項 2，雖然女士提到注重飲食健康，但並沒有說這是最重要的事。

> 選項 3 的內容在對話中並沒有提到。

3番

_{かいしゃ}会社で_{おとこ}男の_{ひと}人と_{おんな}女の_{ひと}人が_{はな}話しています。

F：_{ぶちょう}部長、_{しんせいひん}新製品のパンフレットの_{げんこう}原稿を_{なお}直しましたので、_め目を_{とお}通していただけますか。

M：ああ、もう_み見ましたよ。うーん、まだだめだね。まず、_{たしゃ}他社とわが_{しゃ}社の_{せいひん}製品との_{ちが}違いがはっきりわからない。しつこく_か書いてもよさは_{つた}伝わらないけど、わが_{しゃ}社の_{せいひん}製品を_{こうにゅう}購入する_{りゆう}理由がわからなくては_{はじ}始まらないでしょう。パンフレットを_よ読むのは_{おや}親でも、この_{いす}椅子を_{つか}使うのは_こ子どもなんだから、<u>見ただけでこの_{いす}椅子の_{とくべつ}特別さが_{つた}伝わるように</u>。① 　< 關鍵句

F：_{しゃしん}写真を_ふ増やすってことですか。

M：_ふ増やすというより、<u>目を_ひ引くようなものをしっかり_{えら}選んでください</u>。② パッと_{しせん}視線を_{あつ}集めて、_{わす}忘れないような。　< 關鍵句

F：_{しょうち}承知しました。あと、この_{しょうひん}商品の_{なまえ}名前はいかがでしょう。やっぱり、_{かたかな}片仮名の_{ほう}方がいいという_{いけん}意見も_で出ているんですけど。

M：_{かたかな}片仮名にしてもひらがなにしても、どうも_{へいぼん}平凡な_き気がするけど、あまりわかりにくいのはいけないな。_{なまえ}名前はこれで_い行きましょう。

□ パンフレット【pamphlet】
　宣傳冊，小冊子

□ _{げんこう}原稿　原稿

□ _め目を_{とお}通す　過目

□ _め目を_ひ引く　引人注目

□ _{へいぼん}平凡　平凡

□ イラスト【illustration之略】　插圖

_{おとこ}男の_{ひと}人は_{おんな}女の_{ひと}人にどんな_{しじ}指示をしましたか。

1　パンフレットの_{もじ}文字を_{すく}少なくする。

2　_{いんしょう}印象に_{のこ}残る_{しゃしん}写真をよく_{えら}選んで_{つか}使う。

3　イラストや_{しゃしん}写真の_{かず}数を_{おお}多くする。

4　_{かんじ}漢字をもっと_{おお}多く_{つか}使うようにする。

（３）

男士和女士正在公司裡交談。

Ｆ：經理，我已經把新產品的ＤＭ改好了，可以請您過目嗎？

Ｍ：喔，我已經看過了。唔，還不行哦。最大的缺點是，沒有辦法明確分辨出其他公司和我們公司的產品有何不同。雖然即使把所有的優點詳列出來，顧客也未必能夠體會，但是如果根本不知道為何要買我們公司的產品，那就別想把產品推銷出去了。縱使看ＤＭ的人是父母，但是實際坐在這張椅子上的人是小孩，所以要讓人一眼就能看出這張椅子的特色。

Ｆ：是否要增加照片呢？

Ｍ：與其增加，不如仔細挑足以吸睛的照片。要那種一瞬間就能吸引目光，讓人看過就印在腦海裡的。

Ｆ：了解。還有，這個品名可以嗎？有些同事認為應該用片假名比較好。

Ｍ：片假名也好，平假名也罷，總覺得有點普通；話說回來，太艱澀的也不行。名稱就用這個吧。

①②男士指示女士挑選足以吸睛的照片用在ＤＭ上，讓人只要看到照片就能看出椅子的特色。

Answer　2

男士向女士下達了什麼樣的指令呢？

1　減少ＤＭ上的文字。

2　仔細選用能讓人留下印象的照片。

3　增加插圖和照片的數量。

4　使用更多漢字。

選項１和選項４，關於ＤＭ上的文字和漢字的多寡，男士並沒有下達指示。

選項３，男士並沒有說要增加照片和圖片的數量，而是要求女士挑選「目を引くような（足以吸睛）」的照片。

4番

<ruby>大学<rt>だいがく</rt></ruby>で<ruby>教授<rt>きょうじゅ</rt></ruby>が<ruby>話<rt>はな</rt></ruby>しています。

F：<ruby>現代社会<rt>げんだいしゃかい</rt></ruby>で<ruby>子<rt>こ</rt></ruby>どもたちはかつてないほどのさまざまな<ruby>刺激<rt>しげき</rt></ruby>を<ruby>受<rt>う</rt></ruby>けています。<ruby>社会<rt>しゃかい</rt></ruby>の<ruby>国際化<rt>こくさいか</rt></ruby>が<ruby>進<rt>すす</rt></ruby>み、デジタル<ruby>化<rt>か</rt></ruby>が<ruby>進<rt>すす</rt></ruby>み、<ruby>家族<rt>かぞく</rt></ruby>の<ruby>在<rt>あ</rt></ruby>り<ruby>方<rt>かた</rt></ruby>が<ruby>変<rt>か</rt></ruby>わっていくと<ruby>同時<rt>どうじ</rt></ruby>に、<ruby>人<rt>ひと</rt></ruby>の<ruby>価値観<rt>かちかん</rt></ruby>、<ruby>道徳観<rt>どうとくかん</rt></ruby>も<ruby>変<rt>か</rt></ruby>わってきています。その<ruby>中<rt>なか</rt></ruby>にあって、<ruby>子<rt>こ</rt></ruby>どもは<ruby>保護<rt>ほご</rt></ruby>をうける<ruby>存在<rt>そんざい</rt></ruby>であると<ruby>同時<rt>どうじ</rt></ruby>に、<ruby>未来<rt>みらい</rt></ruby>を<ruby>担<rt>にな</rt></ruby>うべき<ruby>存在<rt>そんざい</rt></ruby>である、という<ruby>二<rt>ふた</rt></ruby>つの<ruby>側面<rt>そくめん</rt></ruby>を<ruby>踏<rt>ふ</rt></ruby>まえて、<ruby>教育<rt>きょういく</rt></ruby>の<ruby>形<rt>かたち</rt></ruby>を<ruby>考<rt>かんが</rt></ruby>えなければならないのではないでしょうか。このどちらかに<ruby>偏<rt>かたよ</rt></ruby>った<ruby>考<rt>かんが</rt></ruby>え<ruby>方<rt>かた</rt></ruby>は、この<ruby>国<rt>くに</rt></ruby>そのものの<ruby>未来<rt>みらい</rt></ruby>をゆがめてしまうし、<ruby>実際<rt>じっさい</rt></ruby>、<ruby>教育<rt>きょういく</rt></ruby>に<ruby>携<rt>たず</rt></ruby>わる<ruby>人々<rt>ひとびと</rt></ruby>の<ruby>偏<rt>かたよ</rt></ruby>った<ruby>考<rt>かんが</rt></ruby>え<ruby>方<rt>かた</rt></ruby>は、<ruby>多<rt>おお</rt></ruby>くの<ruby>問題<rt>もんだい</rt></ruby>をうんできました。だからこそこの<ruby>授業<rt>じゅぎょう</rt></ruby>では、<ruby>時代<rt>じだい</rt></ruby>の<ruby>移<rt>うつ</rt></ruby>り<ruby>変<rt>か</rt></ruby>わりの<ruby>中<rt>なか</rt></ruby>で、この<ruby>二点<rt>にてん</rt></ruby>における<ruby>我<rt>わ</rt></ruby>が<ruby>国<rt>くに</rt></ruby>の<ruby>教育<rt>きょういく</rt></ruby><ruby>制度<rt>せいど</rt></ruby>がどのように<ruby>作<rt>つく</rt></ruby>られてきたのかを<ruby>学<rt>まな</rt></ruby>ぶことを<ruby>第一<rt>だいいち</rt></ruby>の<ruby>目標<rt>もくひょう</rt></ruby>にしていきたいと<ruby>思<rt>おも</rt></ruby>います。

① ◀─ 關鍵句

□ かつてない　前所未有的

□ デジタル化【digital化】
　數位化

□ <ruby>保護<rt>ほご</rt></ruby>　保護

□ <ruby>在<rt>あ</rt></ruby>り<ruby>方<rt>かた</rt></ruby>　型態，應有的狀態

□ <ruby>担<rt>にな</rt></ruby>う　擔；承擔

□ <ruby>側面<rt>そくめん</rt></ruby>　側面；方面

□ <ruby>携<rt>たず</rt></ruby>わる　參與，參加，從事，有關係

□ <ruby>移<rt>うつ</rt></ruby>り<ruby>変<rt>か</rt></ruby>わり　變遷

<ruby>どんな授業<rt>じゅぎょう</rt></ruby>についての<ruby>説明<rt>せつめい</rt></ruby>ですか。

1　<ruby>教育<rt>きょういく</rt></ruby>の<ruby>国際化<rt>こくさいか</rt></ruby>

2　<ruby>子<rt>こ</rt></ruby>どもの<ruby>健康<rt>けんこう</rt></ruby>

3　<ruby>教育制度<rt>きょういくせいど</rt></ruby>の<ruby>歴史<rt>れきし</rt></ruby>

4　<ruby>道徳教育<rt>どうとくきょういく</rt></ruby>

翻譯與解題

もんだい 1

もんだい 2

もんだい ❸

もんだい 4

もんだい 5

(4)

大學教授正在學校裡發表觀點。

F：現代社會的兒童正面臨著前所未見，來自各個層面的種種刺激。隨著社會國際化、數位化的進展，以及家庭型態的改變，人類的價值觀與道德觀亦同步有所變化。值此現況，兒童不僅是受到保護的個體，並且是肩負未來的個體，而我們是否更應該在這兩項前提之下，深思教育的形式呢？假如其中一項思考基礎有所偏頗，將會導致國家的未來無法邁向康莊大道。事實上，擔當教育重責的人士，其偏頗的思考方式，正是現今諸多問題的根源所在。因此，我期許這堂課的首要目標是，在這兩項原則的基礎之上，幫助各位學習我國的教育制度是如何在時代的變遷之中形成的。

> 談話主要架構為：必須從兩個面向來考慮教育的形式→有偏見的思考方式會衍生出許多問題→這堂課的目標

> ①以在時代變遷之中學習教育制度作為目標。也就是說，教授正在說明的是學習教育制度歷史的課程大綱。

Answer 3

請問這是關於哪一門課程的入門解說呢？

1　教育的國際化

2　兒童的健康

3　教育制度的變遷

4　道德教育

5番

<ruby>車<rt>くるま</rt></ruby>の<ruby>中<rt>なか</rt></ruby>で、<ruby>女<rt>おんな</rt></ruby>の<ruby>人<rt>ひと</rt></ruby>と<ruby>男<rt>おとこ</rt></ruby>の<ruby>人<rt>ひと</rt></ruby>が<ruby>話<rt>はな</rt></ruby>しています。

M：まさか、こんなに<ruby>降<rt>ふ</rt></ruby>るとは<ruby>思<rt>おも</rt></ruby>っていなかったよね。

F：ほんと。でも、<ruby>助<rt>たす</rt></ruby>かったよ。<ruby>乗<rt>の</rt></ruby>せてもらって。タクシーの<ruby>列<rt>れつ</rt></ruby>すごく<ruby>長<rt>なが</rt></ruby>かったから。でも、お<ruby>酒<rt>さけ</rt></ruby><ruby>飲<rt>の</rt></ruby>めないね。

M：ああ、もともとアルコールは<ruby>苦手<rt>にがて</rt></ruby>なんだ。それに<ruby>今日<rt>きょう</rt></ruby>はこの<ruby>後<rt>あと</rt></ruby><ruby>仕事<rt>しごと</rt></ruby>でさ。

F：そうなんだ。<ruby>実<rt>じつ</rt></ruby>は<ruby>私<rt>わたし</rt></ruby>も<ruby>上海<rt>しゃんはい</rt></ruby>に<ruby>出張<rt>しゅっちょう</rt></ruby>で、<ruby>今朝戻<rt>けさもど</rt></ruby>ったんだ。

M：<ruby>運<rt>うん</rt></ruby>がよかったね。<ruby>今<rt>いま</rt></ruby>はこの<ruby>雪<rt>ゆき</rt></ruby>でもう<ruby>飛行機<rt>ひこうき</rt></ruby>は<ruby>飛<rt>と</rt></ruby>んでないよ。<ruby>北海道<rt>ほっかいどう</rt></ruby>からくる<ruby>佐藤先生<rt>さとうせんせい</rt></ruby>とか、<ruby>大丈夫<rt>だいじょうぶ</rt></ruby>かな。<ruby>健二<rt>けんじ</rt></ruby>、スピーチを<ruby>頼<rt>たの</rt></ruby>んだらしいよ。

F：うん。まなみは<ruby>優<rt>やさ</rt></ruby>しいから、<ruby>昨日<rt>きのう</rt></ruby>からみんなのこと<ruby>心配<rt>しんぱい</rt></ruby>してると<ruby>思<rt>おも</rt></ruby>う。<ruby>今<rt>いま</rt></ruby>もきっと、<ruby>真<rt>ま</rt></ruby>っ<ruby>白<rt>しろ</rt></ruby>なドレス<ruby>着<rt>き</rt></ruby>って、<ruby>立<rt>た</rt></ruby>ったり<ruby>座<rt>すわ</rt></ruby>ったりしてるよ。　1 關鍵句

M：<ruby>健二<rt>けんじ</rt></ruby>はまなみのそういうところが<ruby>好<rt>す</rt></ruby>きなんだろうな。

F：きっといい<ruby>夫婦<rt>ふうふ</rt></ruby>になるね。よかったね。　2 關鍵句

□ もともと　原本
□ <ruby>夫婦<rt>ふうふ</rt></ruby>　夫婦・夫妻
□ <ruby>同窓会<rt>どうそうかい</rt></ruby>　同學會

<ruby>二人<rt>ふたり</rt></ruby>は、どこへ<ruby>行<rt>い</rt></ruby>きますか。

1 <ruby>会議<rt>かいぎ</rt></ruby>
2 <ruby>同窓会<rt>どうそうかい</rt></ruby>
3 コンサート
4 <ruby>結婚式<rt>けっこんしき</rt></ruby>

(5)

女士和男士正在車中聊天。

M：真沒想到居然下得那麼大！

Ｆ：就是説嘛。謝謝你載我去喔！排隊等計程車的
　　人實在太多了。不過，這樣就不能喝酒囉！

M：喔，反正我本來就不喜歡喝酒，而且等一下還
　　有工作。

Ｆ：這樣呀。其實我也剛去上海出差，今天早上才
　　回來。

M：妳很幸運喔。像現在這樣的大雪，班機都停飛
　　了。從北海道出發的佐藤老師，不知道能不能
　　飛過來。健二好像有請他上台致詞。

Ｆ：嗯，真奈美很體貼，從昨天就開始擔心大家能
　　不能順利出席了。想必她現在一定穿著純白的
　　禮服，坐也不是站也不是的。

M：我想，健二就是喜歡真奈美這樣的個性吧。

Ｆ：他們一定能白頭偕老！真是太好了。

> 男士讓女士搭乘他的車。這是兩人在車中的對話。

> ①②從「真っ白なドレス着て…（穿著純白的禮服…）」和「きっといい夫婦になるね（一定能白頭偕老）」可知，男士和女士正要去參加朋友健二和真奈美的婚禮。

Answer **4**

請問他們兩人要去哪裡呢？

1　會議

2　同學會

3　演唱會

4　婚禮

6番

道で、警察官と女の人が話しています。

F：あっ、あぶない（自転車の倒れる音）。

M：大丈夫ですか。けがはなかったですか。

F：ええ、大丈夫です。でも、ひどい、あの自転車。その角から急に曲がって来たかと思ったら。私のバッグを…。

M：盗られたんですね。

F：ええ。でも、たいしたものは入っていませんでしたけどね。財布もポケットだったし。すごい速さで坂を下りてったけど…こわい！

M：何かほかに気付いたことはありませんか。

F：子どもでしたよ。高校生かな。なんか、見たことのある顔だったけど、思い出せないです。

M：お手数ですが、被害届けを出しに来ていただきたいんですが…　← 關鍵句 ①

F：特にけがはないですけど、…ああ、だんだん腹が立ってきた。まったくあぶない。何てことをするんでしょ。いいですよ。行きます。 ← 關鍵句 ②

□ 下りる　下降
□ 思い出す　回憶起
□ 被害届　受害申報
□ 腹が立つ　氣憤
□ 警察署　警察局

女の人はこれからどこへ行きますか。

1　警察署
2　自宅
3　病院
4　子どもの家

翻譯與解題

もんだい 1

もんだい 2

もんだい ❸

もんだい 4

もんだい 5

(6)

警官和女士正在路邊交談。

Ｆ：啊，危險！（腳踏車傾倒聲）

Ｍ：您沒事吧？有沒有受傷？

Ｆ：我還好，沒受傷。可是，那個騎腳踏車的人實在太可惡了！突然從那個拐角急轉過來，接著就把我的皮包……。

Ｍ：搶走了嗎？

Ｆ：是呀，幸好裡面沒什麼值錢的東西，錢包還在我身上的口袋裡。他用非常快的速度衝下坡道了……好恐怖！

Ｍ：還有其他的線索嗎？

Ｆ：那還是個孩子呢！大概是高中生吧。好像在哪裡看過他，可是想不起來。

Ｍ：不好意思，可以麻煩您來一趟警局做個筆錄嗎……？

Ｆ：身上倒是沒什麼傷口……哎，愈想愈氣！真是太危險了！怎麼會有人做這麼危險的事呢？好，沒問題，我跟您去！

> 這是一位女士和警察的對話。女士被貌似高中生的孩子搶走了皮包。

> ①②對於警察希望女士到警察局來做筆錄，女士回答「いいですよ。行きます。（好，沒問題，我跟您去！）」

Answer **1**

請問女士接下來要去哪裡呢？

1 警局

2 自宅

3 醫院

4 小孩的家

> 選項 3，因為女士説身上沒什麼傷口，所以不是去醫院。

N1 聴力模擬考題　問題3　第三回　(3-17)

問題3では、問題用紙に何も印刷されていません。この問題は、全体としてどんな内容かを聞く問題です。話の前に質問はありません。まず話を聞いてください。それから、質問とせんたくしを聞いて、1から4の中から、最もよいものを一つ選んでください。

(3-18) **れい**　【答案詳見：234頁】　答え：① ② ③ ④

- メモ -

(3-19) **1番**　【答案跟解説：150頁】　答え：① ② ③ ④

- メモ -

(3-20) **2番**　【答案跟解説：152頁】　答え：① ② ③ ④

- メモ -

(3-21) 3番 【答案跟解説：154頁】 答え：① ② ③ ④

- メモ -

(3-22) 4番 【答案跟解説：156頁】 答え：① ② ③ ④

- メモ -

(3-23) 5番 【答案跟解説：158頁】 答え：① ② ③ ④

- メモ -

(3-24) 6番 【答案跟解説：160頁】 答え：① ② ③ ④

- メモ -

問題3では、問題用紙に何も印刷されていません。この問題は、全体としてどんな内容かを聞く問題です。話の前に質問はありません。まず話を聞いてください。それから、質問とせんたくしを聞いて、1から4の中から、最もよいものを一つ選んでください。

1番

テレビで、男の人が話しています。

M：みなさんは、魚を飼育している場所、つまり水族館などで、イワシという小さい魚といっしょに、鋭い歯と力強いあごを持つサメという魚を泳がせているのを見たことがありませんか？なんてひどいことを、と思いますか？ でも、これは、イワシの健康を保つためにされていることなんです。海では、強いサメは確かに他の魚を食べるんですが、水族館では、サメの餌をちゃんと与えているので、いっしょに育てているイワシが食べられることはありません。<u>イワシはサメがいない状態より、なにか不安だ、という環境の方が元気で泳ぎ回るそうです。</u>　→ 關鍵句　人間も同じです。ストレスのない人なんていません。<u>適度なスト</u>　→ 關鍵句　<u>レスは、私たちが生きていく中で必要なものです。</u>　会社や家庭[2]で不安や恐怖、困難があっても、その自分自身の気持ちにどう対処するかで、より強く健康になるか、それとも病気になるかに分かれると言っていいかもしれません。<u>ストレスを増やさな</u>　→ 關鍵句　<u>いためには、自分のストレスの程度をよく知って、付き合い方を考えていくことが必要です。</u>[3]

□ 飼育　飼養
□ イワシ　沙丁魚
□ サメ　鯊魚
□ 餌　餌食，誘餌
□ 適度　適度，適當
□ 対処　應付，應對，妥善處置

男の人は何について話していますか。

1　サメの持つ力について
2　魚の生命力について
3　環境破壊について
4　ストレスへの対処について

翻譯與解題

もんだい 1

もんだい 2

もんだい ❸

もんだい 4

もんだい 5

第三大題。答案卷上沒有印任何圖片和文字,這一大題在測驗是否能聽出內容主旨。在說話之前,不會先提供每小題的題目。請先聽完對話,再聽問題和選項,從選項 1 到 4 當中,選出最佳答案。

(1)

男士正在電視節目上發表意見。

M:大家是否曾經在飼養魚類的場所,也就是水族館之類的地方,看過館方把一種叫沙丁魚的小魚,與擁有尖銳牙齒及強而有力下巴的鯊魚,一起放在水中悠游嗎?你們不覺得那種做法太殘忍了嗎?然而,那樣做的目的,其實是為了維持沙丁魚的健康。在大海中,強大的鯊魚確實會吃其他魚種,但是在水族館裡,館方會餵食鯊魚,所以鯊魚不會吃掉一起飼養的沙丁魚。聽說沙丁魚在這樣有點不安的狀態下,比起在沒有鯊魚的環境中,更能活力十足地在水中游來游去。人類也一樣。任何人都有壓力。適度的壓力,是我們維持生存的必要條件。甚至可以說,即使承受著來自社會和家庭的不安、恐懼與困難,隨著自身心態調整的方式,會有兩種結果:變得更加強壯健康,抑或變得病懨懨的。為了不讓壓力愈來愈大,我們必須徹底了解自己的抗壓程度,並且思考該如何與壓力共存。

①開頭先舉出沙丁魚所承受的壓力作為具體的事例。

②人類也一樣,承受適度的壓力有其必要。

③為了不讓壓力愈來愈大而必須採取的因應方式。

也就是說,男士是為了敘述因應壓力的方法,才舉了①的具體事例。

Answer 4

請問男士在談什麼話題?

1 關於鯊魚所擁有的力量
2 關於魚類的生命力
3 關於環境破壞
4 關於如何因應壓力

選項 1、選項 2 和選項 3 的內容在對話中都沒有提到。

2番
<ruby>番<rt>ばん</rt></ruby>

テレビで<ruby>女<rt>おんな</rt></ruby>の<ruby>人<rt>ひと</rt></ruby>が<ruby>話<rt>はな</rt></ruby>しています。

F ：<ruby>昔<rt>むかし</rt></ruby>は、<ruby>考<rt>かんが</rt></ruby>えられなかったかもしれませんが、<ruby>今<rt>いま</rt></ruby>は<ruby>親<rt>おや</rt></ruby>が<ruby>子<rt>こ</rt></ruby>どもの<ruby>就職活動<rt>しゅうしょくかつどう</rt></ruby>、つまり、<ruby>就活<rt>しゅうかつ</rt></ruby>ですね、これを<ruby>手伝<rt>てつだ</rt></ruby>うなんていうのはまれでした。<ruby>最近<rt>さいきん</rt></ruby>でも、<ruby>親<rt>おや</rt></ruby>が<ruby>心配<rt>しんぱい</rt></ruby>しすぎているとか、そこまでしなければならないのは<ruby>子<rt>こ</rt></ruby>どもがしっかりしていないからだ、などという<ruby>声<rt>こえ</rt></ruby>も<ruby>聞<rt>き</rt></ruby>きますが、<ruby>今<rt>いま</rt></ruby>は<ruby>実<rt>じつ</rt></ruby>に<ruby>三分<rt>さんぶん</rt></ruby>の<ruby>一<rt>いち</rt></ruby>の<ruby>親<rt>おや</rt></ruby>が、<ruby>面接<rt>めんせつ</rt></ruby>の<ruby>練習<rt>れんしゅう</rt></ruby>や、<ruby>人事<rt>じんじ</rt></ruby>の<ruby>紹介<rt>しょうかい</rt></ruby>、いわゆるコネ*1 ですね、まあ、これは<ruby>昔<rt>むかし</rt></ruby>からありましたけど、これらの<ruby>形<rt>かたち</rt></ruby>で<ruby>子<rt>こ</rt></ruby>どもの<ruby>就活<rt>しゅうかつ</rt></ruby>に<ruby>関<rt>かか</rt></ruby>わっているそうです。<u>これは<ruby>時代<rt>じだい</rt></ruby>の<ruby>流<rt>なが</rt></ruby>れです。<ruby>協力<rt>きょうりょく</rt></ruby>できるならしてほしいものです。</u>｜ <ruby>中<rt>なか</rt></ruby>でも<ruby>私<rt>わたし</rt></ruby>がお<ruby>勧<rt>すす</rt></ruby>めしたいのは、<ruby>面接<rt>めんせつ</rt></ruby>の<ruby>練習<rt>れんしゅう</rt></ruby>です。

`關鍵句`

<ruby>大学生<rt>だいがくせい</rt></ruby>は、<ruby>同<rt>おな</rt></ruby>じ<ruby>年代<rt>ねんだい</rt></ruby>の<ruby>人<rt>ひと</rt></ruby>と<ruby>話<rt>はな</rt></ruby>すことには<ruby>困<rt>こま</rt></ruby>りません。<ruby>同<rt>おな</rt></ruby>じ<ruby>年代<rt>ねんだい</rt></ruby>の<ruby>人<rt>ひと</rt></ruby>とばかり<ruby>話<rt>はな</rt></ruby>していますから。しかし、<ruby>就活<rt>しゅうかつ</rt></ruby>の<ruby>際<rt>さい</rt></ruby>は、<ruby>目上<rt>めうえ</rt></ruby>の<ruby>人<rt>ひと</rt></ruby>、<ruby>年上<rt>としうえ</rt></ruby>の<ruby>人<rt>ひと</rt></ruby>と<ruby>話<rt>はな</rt></ruby>すことに<ruby>慣<rt>な</rt></ruby>れていないから、まともに<ruby>目<rt>め</rt></ruby>を<ruby>見<rt>み</rt></ruby>て<ruby>話<rt>はな</rt></ruby>すこともできないんです。<ruby>親<rt>おや</rt></ruby>は、<ruby>社会<rt>しゃかい</rt></ruby>を<ruby>知<rt>し</rt></ruby>っていると<ruby>同時<rt>どうじ</rt></ruby>に、<ruby>子<rt>こ</rt></ruby>どもの<ruby>長所<rt>ちょうしょ</rt></ruby>や<ruby>短所<rt>たんしょ</rt></ruby>も<ruby>知<rt>し</rt></ruby>っているわけですから、そこをついた*2 <ruby>質問<rt>しつもん</rt></ruby>もできます。<ruby>甘<rt>あま</rt></ruby>やかすのではなく、<ruby>人生<rt>じんせい</rt></ruby>の<ruby>先輩<rt>せんぱい</rt></ruby>として<ruby>関<rt>かか</rt></ruby>われるといいですね。

□ <ruby>就活<rt>しゅうかつ</rt></ruby> <ruby>就職活動<rt>しゅうしょくかつどう</rt></ruby>

□ <ruby>人事<rt>じんじ</rt></ruby> 人事

□ コネ【connection之略】關係，門路

□ <ruby>年代<rt>ねんだい</rt></ruby> 年代；一代

□ まとも 正經，規規矩矩；正面

□ <ruby>甘<rt>あま</rt></ruby>やかす 溺愛，縱容

□ <ruby>豊富<rt>ほうふ</rt></ruby> 豊富

<ruby>女<rt>おんな</rt></ruby>の<ruby>人<rt>ひと</rt></ruby>は<ruby>最近<rt>さいきん</rt></ruby>の<ruby>大学生<rt>だいがくせい</rt></ruby>の<ruby>就職活動<rt>しゅうしょくかつどう</rt></ruby>について、どう<ruby>考<rt>かんが</rt></ruby>えていますか。

1 できれば<ruby>親<rt>おや</rt></ruby>も<ruby>就職活動<rt>しゅうしょくかつどう</rt></ruby>を<ruby>手伝<rt>てつだ</rt></ruby>った<ruby>方<rt>ほう</rt></ruby>がいい。

2 <ruby>親<rt>おや</rt></ruby>が<ruby>就職活動<rt>しゅうしょくかつどう</rt></ruby>を<ruby>手伝<rt>てつだ</rt></ruby>うのは<ruby>子<rt>こ</rt></ruby>どもにとってじゃまになる。

3 <ruby>最近<rt>さいきん</rt></ruby>の<ruby>大学生<rt>だいがくせい</rt></ruby>は<ruby>社会経験<rt>しゃかいけいけん</rt></ruby>が<ruby>豊富<rt>ほうふ</rt></ruby>なので<ruby>就職<rt>しゅうしょく</rt></ruby>しやすい。

4 <ruby>大学生<rt>だいがくせい</rt></ruby>は<ruby>同年代<rt>どうねんだい</rt></ruby>の<ruby>人<rt>ひと</rt></ruby>ともっと<ruby>話<rt>はな</rt></ruby>さなければならない。

翻譯與解題

もんだい 1

もんだい 2

もんだい ③

もんだい 4

もんだい 5

(2)

女士正在電視節目上發表意見。

Ｆ ：這在以前或許令人難以想像，但是現在的父
　　母在兒女的求職過程，也就是日文所謂的「就
　　活」（求職活動），幾乎很少提供協助。近來
　　甚至有人認為，會插手幫忙的父母對兒女太過
　　擔憂了，或者由於兒女不夠獨立自主才導致父
　　母有這樣的舉動。實際上，目前大約有三分之
　　一的父母會幫忙兒女演練面試，或者牽線介紹
　　工作，亦即運用所謂的人脈。這些呢，其實由
　　來已久，也就是透過這些方式，協助兒女求
　　職。這都是為了因應時代的變遷。但凡能夠幫
　　得上忙的地方，父母總希望盡量幫忙。其中，
　　我想建議父母的以幫忙的部分是面試的演練。
　　大學生和年紀相仿的人交談沒有問題，因為他
　　們一向只和年紀相仿的人交談。但是在求職的
　　時候，他們不習慣和地位較高的人、年齡較長
　　的人交談，所以沒辦法直視對方的眼睛講話。
　　身為父母，不僅已經有社會歷練，也熟知兒女
　　的優點和缺點，所以能夠針對這些關鍵提問。
　　這樣的做法不是寵小孩，而是以人生前輩的身
　　分從旁協助。

①父母在大學生的求職過程中給予幫助是時代的潮流，這位女士的想法是如果情況允許，希望父母能提供協助。

--------- Answer **1**

請問女士對於最近的大學生的求職過程，有什麼看法呢？

1　可以的話，在求職過程中父母也從旁協助比較好。

2　對兒女而言，父母的幫忙在求職過程中是一種
　　阻礙。

3　最近的大學生擁有豐富的社會經驗，所以很容
　　易找到工作。

4　大學生必須和年紀相仿的人有更多的交談。

（＊１）運用人脈＝門路（connection），也就是透過父母
　　　　或親友的熟人，在求職過程中得到特別的關照。

（＊２）針對＝説中的意思。這裡是指能對孩子的長處和
　　　　短處精準提問的意思。

選項２，女士並沒有提到求職過程中父母提供幫助會對孩子造成什麼影響。

女士的發言中完全沒有提到選項３的內容。

選項４，女士説大學生只和年紀相仿的人交談。

3番

<ruby>学校<rt>がっこう</rt></ruby>で、<ruby>先生<rt>せんせい</rt></ruby>と<ruby>母親<rt>ははおや</rt></ruby>が<ruby>話<rt>はな</rt></ruby>しています。

M：たけし<ruby>君<rt>くん</rt></ruby>のことで、<ruby>気<rt>き</rt></ruby>になることがあるということですが、どんなことでしょうか。

F：サッカー<ruby>部<rt>ぶ</rt></ruby>に<ruby>入<rt>はい</rt></ruby>っているんですが、<ruby>息子<rt>むすこ</rt></ruby>は<ruby>決<rt>けっ</rt></ruby>してうまいというわけではないんです。でも、<ruby>小学校<rt>しょうがっこう</rt></ruby>のころからずっと<ruby>続<rt>つづ</rt></ruby>けてきて、<ruby>中学<rt>ちゅうがく</rt></ruby>でも、どうしても<ruby>入<rt>はい</rt></ruby>りたいと<ruby>言<rt>い</rt></ruby>って<ruby>続<rt>つづ</rt></ruby>けてきたんですが、<ruby>正直<rt>しょうじき</rt></ruby>に<ruby>言<rt>い</rt></ruby>って、<ruby>三年生<rt>さんねんせい</rt></ruby>が<ruby>卒業<rt>そつぎょう</rt></ruby>しても<ruby>次<rt>つぎ</rt></ruby>に<ruby>新入生<rt>しんにゅうせい</rt></ruby>が<ruby>入<rt>はい</rt></ruby>って<ruby>来<rt>き</rt></ruby>て、<ruby>結局<rt>けっきょく</rt></ruby>ずっと<ruby>試合<rt>しあい</rt></ruby>には<ruby>出<rt>で</rt></ruby>られないんじゃないかって。<ruby>向<rt>む</rt></ruby>いていないなら<ruby>無理<rt>むり</rt></ruby>に<ruby>続<rt>つづ</rt></ruby>けなくてもいいと<ruby>私<rt>わたし</rt></ruby>は<ruby>思<rt>おも</rt></ruby>うんですが。

M：お<ruby>子<rt>こ</rt></ruby>さんは、やめたがっているんですか。サッカー<ruby>部<rt>ぶ</rt></ruby>を。

F：そうは<ruby>言<rt>い</rt></ruby>わないんですが、なんだか<ruby>見<rt>み</rt></ruby>ていて<ruby>辛<rt>つら</rt></ruby>いというか。かわいそうで。

M：<ruby>確<rt>たし</rt></ruby>かに、<ruby>試合<rt>しあい</rt></ruby>を<ruby>応援<rt>おうえん</rt></ruby>に<ruby>行<rt>い</rt></ruby>ってもお<ruby>子<rt>こ</rt></ruby>さんだけ<ruby>出<rt>で</rt></ruby>られないのは<ruby>寂<rt>さび</rt></ruby>しいというのはわかるんですが、<ruby>続<rt>つづ</rt></ruby>けているのはお<ruby>母<rt>かあ</rt></ruby>さんのためではなく、<ruby>自分<rt>じぶん</rt></ruby>のためです。<u>そっとしておいて、<ruby>何<rt>なに</rt></ruby>か<ruby>言<rt>い</rt></ruby>ってきた<ruby>時<rt>とき</rt></ruby>に、<ruby>気持<rt>きも</rt></ruby>ちを<ruby>聞<rt>き</rt></ruby>いてあげてはいかがでしょうか。</u>①

F：<ruby>何<rt>なに</rt></ruby>か<ruby>言<rt>い</rt></ruby>ってきた<ruby>時<rt>とき</rt></ruby>ですか。

M：ええ。<ruby>例<rt>たと</rt></ruby>えば、サッカーやめようかな、と<ruby>言<rt>い</rt></ruby>ってきたら、<ruby>自分<rt>じぶん</rt></ruby>はどう<ruby>思<rt>おも</rt></ruby>うのか、<ruby>他<rt>ほか</rt></ruby>にやりたいことはあるのかなどと<ruby>聞<rt>き</rt></ruby>いてみるんです。<ruby>試合<rt>しあい</rt></ruby>には、<ruby>来<rt>き</rt></ruby>てほしいと<ruby>言<rt>い</rt></ruby>われたら<ruby>行<rt>い</rt></ruby>けばいいと<ruby>思<rt>おも</rt></ruby>いますよ。

F：はあ…。

關鍵句

□ **お<ruby>子<rt>こ</rt></ruby>さん** 您的孩子；令郎；令嬡
□ **<ruby>見守<rt>みまも</rt></ruby>る** 守護，照看

<ruby>先生<rt>せんせい</rt></ruby>はどんなアドバイスをしましたか。

1 <ruby>子<rt>こ</rt></ruby>ども<ruby>自身<rt>じしん</rt></ruby>に、サッカー<ruby>部<rt>ぶ</rt></ruby>をやめたいと<ruby>言<rt>い</rt></ruby>わせたほうがいい。

2 <ruby>早<rt>はや</rt></ruby>くサッカーをやめさせてあげた<ruby>方<rt>ほう</rt></ruby>がいい。

3 <ruby>子<rt>こ</rt></ruby>どもを<ruby>見守<rt>みまも</rt></ruby>って、<ruby>求<rt>もと</rt></ruby>められたら<ruby>話<rt>はなし</rt></ruby>を<ruby>聞<rt>き</rt></ruby>くのがいい。

4 <ruby>試合<rt>しあい</rt></ruby>は<ruby>必<rt>かなら</rt></ruby>ず<ruby>応援<rt>おうえん</rt></ruby>に<ruby>行<rt>い</rt></ruby>った<ruby>方<rt>ほう</rt></ruby>がいい。

翻譯與解題

もんだい 1

もんだい 2

もんだい ❸

もんだい 4

もんだい 5

(3)

老師和學生的媽媽正在學校裡談話。

M：您提到對武史同學有點擔心，請問是哪方面呢？

F：我兒子參加了足球隊，但是他球踢得實在不算好。不過，他從小學就一直練足球，上了中學以後還是堅持要繼續練，但是老實說，就算三年級生的球員畢業了，還會有新生加入球隊，到頭來參加比賽時，他還是永遠只能坐板凳，不是嗎？我覺得如果沒有那個天分，其實不需要這樣硬撐下去。

M：您的孩子自己說想退出足球隊嗎？

F：他沒有說要退出，只是我們作父母的看不下去，真的很不忍心。

M：的確，我可以體會身為父母去比賽現場幫孩子加油時，看到只有自己的孩子沒有上場很可憐，但是他不是為了媽媽才堅持待在隊上，而是自己想留在那裡。我們不如在一旁默默守候，等到他自己開口的時候，再問問他想怎麼做，您覺得如何？

F：您是說等到他自己開口的時候嗎？

M：是的。譬如說，當他說，是不是該考慮放棄足球了呢，這時候您可以問他內心的想法，或者有沒有別的活動想嘗試的。至於比賽，假如他說希望爸媽去為他加油，我覺得還是照樣去觀賽比較好。

F：這樣哦……。

> 老師建議家長，在武史自己開口之前，先在一旁默默守候，等到他主動開口時再問問他想怎麼做。

------- Answer **3**

請問老師提供了什麼樣的建議呢？

1 促使孩子自己開口說他想退出足球隊比較好。

2 及早讓他放棄足球比較好。

3 在一旁守護孩子，等到他想說的時候傾聽比較好。

4 每場比賽都一定要到場加油比較好。

> 選項1和選項2，老師建議假如孩子自己說想退出足球部的話，再問問他要怎麼做。

> 選項4，對話中沒有提到每場比賽都一定要到場加油。

4番

テレビで、レポーターが話しています。

F：次は、地震などの災害によって動けなくなった人を助けるために人と犬が協力して行った、救助訓練のニュースです。今日の訓練では、スパニエル犬のゴンタが、人の位置を知らせる装置やカメラを背負い、救助犬として参加して、壊れたコンクリートの建物の中を動き回って、位置情報や映像をコンピュータに送信しました。

これまではいったん救助犬が壊れた建物などの中に入ってしまうと、中の様子がわからなかったのですが、背負った装置から救助隊の持っているタブレットに送信される情報で、崩壊した建物の中の様子や助けを待っている人の位置などを知ることができます。

一方で開発中の救助ロボットは、気温の変化や毒ガスなどが発生する状況下でも捜索が可能ですが、災害発生からケガをした人の生存率が極端に下がると言われる 72 時間以内に、広い範囲の中から動けなくなった人を捜せる犬の能力には及びません。この装置と救助ロボットの開発者である大野教授は、救助犬とロボットを組み合わせた新しい技術を開発できるのではないか、と話していました。 ⟵ 關鍵句

[1]

□ 災害 災害
□ 動き回る 到處活動
□ 映像 映像，影像
□ 崩壊 倒塌，崩潰
□ 生存率 生存率
□ 極端 極端
□ 組み合わせ 組合
□ 過酷 嚴酷，殘酷

救助犬が救助ロボットより優れているところはどこですか。

1 過酷な条件のもとでも長時間作業ができるところ。

2 広い範囲で、ロボットより短時間で人を見つけ出せるところ。

3 壊れた建物の中に入っていって人を見つけ出せるところ。

4 危険な場所でケガ人を見つけ出すことができるところ。

翻譯與解題

もんだい 1

もんだい 2

もんだい ❸

もんだい 4

もんだい 5

(4)

播報員正在電視節目上報導。

F ：接下來為您播報的新聞，是關於為了救助由
於地震之類的災害造成受困的災民，由人類與
狗共同進行的救災訓練。有一隻名叫權太的西
班牙獵犬，以救難犬的身分參加今天的訓練，
牠身上背著可以探知受困者位置的裝置與攝影
機，在坍塌的水泥建築物中到處搜尋，把所在
位置的資訊與影像資料傳輸到電腦上。

以往的救難方式是先將救難犬送進坍塌的建築
物裡，但是外界無從得知內部的狀況；然而現
在可以藉由救難犬揹負的裝置傳輸到救難隊攜
帶的平板電腦上的訊息，從而知悉倒塌的建築
物內部的狀況，以及等待救援者的所在位置。

與此同時，目前正在研發中的救難機器人，雖
然可以在氣溫急遽變化以及有毒氣體逸出的狀
態下進行搜救，但是它的救援效率，卻遠遠不
及救難犬能夠在災害發生後，傷者存活機率極
限的所謂黃金七十二小時以內，在大範圍中找
到無法動彈的傷者。發明這項裝置與救難機器
人的大野教授指出，或許可以進一步研發出將
救難犬和救難機器人結合起來的新技術。

①播報員提到，救難
犬比救難機器人出色在
於，救難犬能於存活機
率極限的黃金七十二小
時以內，在大範圍中找
到無法動彈的傷者。

Answer **2**

請問救難犬優於救難機器人的特長是什麼？

1 在嚴峻的條件下，仍然可以長時間作業。

2 可以在大範圍中，比機器人更快找到受困者。

3 可以進入坍塌的建築物裡找到受困者。

4 可以在危險的場所中找到傷者。

選項 1、選項 3 和選
項 4 的內容，播報員沒
有提到救難犬和救難機
器人哪個比較優異。

5番

母親と息子が歩きながら話しています。

M：行きたくないな。

F：もう申し込むって決めたでしょ。しかたないじゃない、こんな
成績じゃ。高校受験まで、もう一年もないんだから。今からだっ
て間に合わないかもしれないのに。⚊①

M：学校だけで大丈夫だよ。野球部もあるんだし。今から家でやる
ようにすれば、別にさあ。

F：その言葉、何度も聞きました。でも、家にいればいつもなんだ
かんだと理由をつけて、ゴロゴロ*してばかりでしょ。具合が
悪いわけでもあるまいし。まずは勉強の仕方から教えてもらい
なさい。

M：お母さんは、行ってたの？　学校の後で。

F：別に行く必要なかったもの。こんな成績じゃなかったし、ピア
ノも習ってたからね。

M：あ、じゃ、僕もギター習うよ。

F：あきれた！何を言ってるの！

關鍵句

□ 申し込む　申請
□ 学習塾　補習班

二人はどこに行くところですか。

1　息子の高校
2　学習塾
3　野球の試合
4　病院

翻譯與解題

もんだい 1

もんだい 2

もんだい ❸

もんだい 4

もんだい 5

(5)

媽媽和兒子一邊走路一邊聊天。

M：真不想去耶！

F：都已經決定要報名了不是嗎？瞧瞧你現在的成績，還能不去嗎？距離高中升學考試只剩下不到一年了，就算從現在開始準備，也未必來得及呢。

M：在學校聽課就夠了啦，而且我放學後還得去練棒球。從現在開始自己在家裡用功讀書就行了嘛！

F：你那些話我已經聽得耳朵都長繭了。每次待在家裡總是找各式各樣的理由偷懶不是嗎？又不是真的身體不舒服。先去學一學用功的方法吧。

M：媽媽以前讀書時，放學後也去嗎？

F：哪裡需要去！我的成績又不像你那麼糟，而且那時還要練鋼琴。

M：啊，那我也來學吉他好了！

F：聽聽你說的甚麼話！真讓人不敢相信！

①媽媽擔心高中升學考試將近的兒子成績不理想，正要去報名補習班。

Answer **2**

請問他們兩人要去哪裡呢？

1 兒子就讀的高中

2 補習班

3 棒球比賽

4 醫院

（＊）偷懶＝躺在那兒什麼也不做。

6番

林の中で、男の人と女の人が話しています。

M：ああ、そこ、立ち入り禁止ですよ。

F：あ、すみません。こんなの見たことがなくて、かわいかったからつい。

M：カタクリっていうんですけど、都内では珍しくて、保護するためにこのロープを張ってあるんです。<u>芽が出てから咲くまでに六年から八年かかるんですよ。</u>①　　——| 關鍵句 |

F：そんなに長く…。じゃあ、なおさら大事にしないとだめですね。

M：もし病気にならなければ、寿命は50年ぐらいらしいですけど。昔は絵を描きに来る人が多かったんですけど、その後、写真を撮りにくる人がどんどん増えて、困ったことに最近では<u>根から引き抜いていく人もいるんです。</u>②　　——| 關鍵句 |

F：ひどいですね…。

M：そうなんですよ。ロープが張ってないところまでなら入れますから、どうぞゆっくり見ていってください。

□ 林　森林，樹林
□ 立ち入り禁止　禁止入內
□ カタクリ　豬牙花
□ ロープ【rope】　繩索
□ 芽　芽
□ 寿命　壽命
□ 根　根
□ 引き抜く　拔出，抽出

二人は、何について話していますか。

1　鳴いている小鳥
2　林の中の木
3　カタクリの花
4　花に止まった蝶

(6)

男士和女士正在森林裡交談。

M：哎，那邊禁止進入喔！

F：啊，對不起。我從來沒看過長得這麼可愛的，一時沒注意就靠過去了。

M：這個叫豬牙花，東京都內很罕見，為了保護這種花，所以圍了這條防護繩。從長芽到開花要耗費六年到八年的時間喔。

F：那麼久喔……。這麼説，更需要好好保護才行了。

M：聽説若是不生病，它的壽命可以長達五十年。以前有很多人來寫生，之後來拍照片的人愈來愈多，最麻煩的是最近甚至有人把它從根拔起了。

F：太過分了……！

M：就是説啊。只要沒有圍防護繩的地方，就可以走進去。請慢慢欣賞吧。

> ①②從「芽（長芽）」、「咲く（開花）」與「根（根）」可知，「カタクリ（豬牙花）」是花卉的名稱。對話中的兩人正在談論豬牙花。

Answer 3

請問他們兩人正在談什麼話題呢？

1　正在鳴叫的小鳥

2　森林裡的樹木

3　名為豬牙花的花卉

4　歇在花上的蝴蝶

MEMO

即時応答

在聽完簡短的詢問之後，測驗是否能夠選擇適切的應答。

考前要注意的事

▶ 作答流程 & 答題技巧

| 聽取說明 | 先仔細聽取考題說明 |

| 聽取
問題與內容 | 這是全新的題型。測驗目標是在聽取詢問、委託等短句後，立即判斷合適的回答。選項不會印在考卷上。 |

預估有 14 題左右

1 提問及選項都在錄音中，而且都很簡短，因此要集中精神聽取會話中的表達方式，馬上理解是誰要做什麼事。作答要當機立斷，答後立即進入下一題。

2 掌握發音變化和語調高低是解題的關鍵。

| 答題 | 再次仔細聆聽問題，選出正確答案 |

N1 聴力模擬考題　問題4　第一回 (4-1)

問題4では、問題用紙に何も印刷されていません。まず文を聞いてください。それから、それに対する返事を聞いて、1から3の中から、最もよいものを一つ選んでください。

(4-2) **れい**　【答案詳見：235頁】　　　　答え：① ② ③ ④

- メモ -

(4-3) **1ばん**　【答案跟解説：168頁】　　　答え：① ② ③ ④

- メモ -

(4-4) **2ばん**　【答案跟解説：168頁】　　　答え：① ② ③ ④

- メモ -

(4-5) **3ばん** 【答案跟解説：168頁】　　答え： ① ② ③ ④

- メモ -

(4-6) **4ばん** 【答案跟解説：170頁】　　答え： ① ② ③ ④

- メモ -

(4-7) **5ばん** 【答案跟解説：170頁】　　答え： ① ② ③ ④

- メモ -

6ばん　【答案跟解説：170 頁】　　　答え： ① ② ③ ④

- メ モ -

7ばん　【答案跟解説：172 頁】　　　答え： ① ② ③ ④

- メ モ -

8ばん　【答案跟解説：172 頁】　　　答え： ① ② ③ ④

- メ モ -

9ばん　【答案跟解説：172 頁】　　　答え： ① ② ③ ④

- メ モ -

(4-12) 10 ばん 【答案跟解説：174 頁】　　　答え：① ② ③ ④

- メモ -

(4-13) 11 ばん 【答案跟解説：174 頁】　　　答え：① ② ③ ④

- メモ -

(4-14) 12 ばん 【答案跟解説：174 頁】　　　答え：① ② ③ ④

- メモ -

(4-15) 13 ばん 【答案跟解説：174 頁】　　　答え：① ② ③ ④

- メモ -

問題4では、問題用紙に何も印刷されていません。まず文を聞いてください。それから、それに対する返事を聞いて、1から3の中から、最もよいものを一つ選んでください。

4-3 Answer **1**

1番

M：弱いチームだからって、なめちゃだめだよ。

F：1　はい。もちろん、全力で戦います。

　　2　はい。もちろん、自信を持ちます。

　　3　はい、もちろん、あきらめます。

(1)

M：雖説那支隊伍實力不強，千萬別疏忽大意喔！

F：1　了解，當然會全力奮戰！

　　2　了解，當然有信心！

　　3　了解，當然不會放棄！

 4-4 Answer **3**

2番

M：どうしたの。げっそりして。

F：1　最近、休みが多くて。

　　2　最近、太っちゃって。

　　3　最近、残業ばかりで。

(2)

M：怎麼了？一副無精打采的樣子。

F：1　最近休息太久了。

　　2　最近變胖了。

　　3　最近老是加班。

 4-5 Answer **2**

3番

M：そういうことは、あらかじめ言ってよ。

F：1　ありがとう。助かる。

　　2　そうだね。ごめん、ぎりぎりになって。

　　3　いいよ。私が言っておくよ。

(3)

M：那種事拜託一開始先講啦！

F：1　謝謝，真的幫了大忙！

　　2　你説得對。抱歉，事到臨頭了才來找你。

　　3　算了，我自己去講吧。

解題攻略

第四大題。答案卷上沒有印任何圖片和文字。請先聽完主文，再聽回答，從選項1到3當中，選出最佳答案。

解題攻略

這裡的「なめる（疏忽大意）」是瞧不起的意思。男士是說即使對手的隊伍實力不強，也不能因為瞧不起對方而疏忽大意。

選項2是當對方說「拿出自信上吧！」時的回答。

選項3是當因為對手的實力遠遠超乎己方而被勸退時的回答。

| □ なめる　輕視；舔

「げっそり（無精打采）」是指因為疲勞而消瘦、沒精神的樣子。男士看見女士無精打采的樣子，正在詢問原因。

選項1和選項2，休息太久或變胖都不是造成無精打采的理由。

| □ げっそり　無精打采

「あらかじめ（事先）」是事前預先的意思。

男士說拜託一開始先講，這是男士在對女士抱怨，所以女士應該道歉。

選項1，「ありがとう（謝謝）」是道謝的用語。

選項3的內容不適合作為當對方說「あらかじめ言って（拜託一開始先講）」時的回答。

| □ あらかじめ　事先，預先

4番

M：君は本当に恵まれてると思うよ。

F：1　そうですか。気をつけます。

　　2　はい。自分でも感謝しています。

　　3　いいえ。まだまだです。

(4)

M：我覺得你真的很幸運喔。

F：1　是嗎？以後我會小心。

　　2　是的，我也同樣心懷感激。

　　3　不，我還差得遠呢。

5番

F：このファイルの名前、まぎらわしいね。

M：1　そうですか。じゃ、はっきりわかるようにします。└目的

　　2　そうですか。じゃ、もっと短くします。

　　3　そうですか。じゃ、もっと長くします。

(5)

F：這個檔案的名稱太複雜了。

M：1　這樣哦？那，我把它寫清楚一點。

　　2　這樣哦？那，我改短一點。

　　3　這樣哦？那，我改長一點。

6番

M：君がやってくれたらありがたいんだけど。

F：1　いいえ、それは結構です。└拒絕

　　2　わかりました。何とかやってみます。

　　3　こちらこそ、ありがとうございます。└強調

(6)

M：如果你能來，那就太好了。

F：1　不，我不用了。

　　2　知道了。我會想辦法試一試。

　　3　不敢當，承蒙您的邀約。

「恵まれている（很幸運）」是指各種不同情況下從別處得到了好運的意思。由於這是應該感謝的事情，所以選項2是正確答案。

選項1是用於自己的過錯受到指責時的回答。

| □ 恵^{めぐ}まれる　受到恩惠

女士說檔案的名稱「まぎらわしい（複雜）」，也就是太相似而不容易區分的意思。

對於女士的意見，選項1是最適當的答案。

選項2是當對方抱怨檔案名稱太長時的回答。選項3是當對方抱怨檔案名稱太短時的回答。

| □ まぎらわしい　不易分辨的

選項1「結構（好的、不用了）」這個詞語有許多用法。例如，在提議「誰かに、その仕事を手伝うように言おうか（去拜託誰來幫忙這項工作吧！）」的情況下，回答「結構」表示「いいです／好」的意思。

選項3是當對方表示感謝時的回答。

| □ 結^{けっこう}構　不必了；好的

7番

F：今日は一段と冷えますね。

M：1　うん、春はまだ遠いね。
　　　　└贊同

　　2　うん、昨日ほどではないね。

　　3　いや、昨日よりは寒いよ。
　　　　└否定

(7)

F：今天特別冷呢。

M：1　嗯，還要等很久春天才會來。

　　2　嗯，沒有昨天那麼冷吧。

　　3　不，比昨天更冷哦。

8番

M：この部屋、ちょっと窮屈になってきたね。

F：1　ああ、もう古いですからね。

　　2　ああ、人が増えましたからね。
　　　　└感嘆、肯定

　　3　ああ、掃除しないとだめですね。

(8)

M：這個房間變得有點擁擠喔。

F：1　是啊，已經是老房子嘍。

　　2　是啊，因為住的人增加嘍。

　　3　是啊，不打掃不行嘍。

9番

F：これは外部には漏らさないでください。

M：1　承知しました。情報管理を徹底します。

　　2　承知しました。窓を閉めておきます。

　　3　承知しました。ビニールシートを用意します。

(9)

F：這東西千萬不能外洩！

M：1　了解。我會嚴格保密。

　　2　了解。我會把窗戶關上。

　　3　了解。我會準備塑膠袋。

解題攻略

翻譯與解題

もんだい 1

もんだい 2

もんだい 3

もんだい ❹

もんだい 5

　「一段と冷える（特別冷）」是特別寒冷的意思。如果贊同這句話，可以回答「うん（嗯）」、「はい（是）」、「ええ（對啊）」等等，並且接著說表示贊同之意的話。「春はまだ遠い（還要等很久春天才會來）」的意思是目前仍然很冷，不知還要等多久春天才到來。

　選項2如果是「いや、……（不，……）」則正確。

　選項3如果是「うん、昨日よりは寒いよ。（嗯，比昨天更冷哦。）」則正確。

| □ 一段^{いちだん}　更加

※（注音假名）いちだん

| □ 一段　更加

　男士的意思是以人數來說，房間彷彿變小了。

　選項1是當對方說房屋老舊損壞而住起來不舒服時的回答。

| □ 窮屈^{きゅうくつ}　狹窄

　對話的情況是被拜託保守機密，不能向外人洩漏內部的情報。選項1是表示自己會嚴守機密的回答。

　選項2和選項3，把窗戶關上、準備塑膠袋都是用於不讓物體漏洩出去的處理方法。

| □ 漏^もる　洩漏；漏出

10 番

F：<u>自分さえよければいいのね？</u>
　　　　└批評

M：1　そうだよ。いっしょにがんば
　　　　ろうよ。

　　2　そんなことないよ。みんなの
　　　　ことだって考えてるよ。

　　3　いいよ。そんなに無理しなく
　　　　ても。

（10）

F：你只顧自己，對吧？

M：1　是啊，我們一起努力吧！

　　2　你多慮了，我同樣重視全體
　　　　團隊。

　　3　夠了啦，不必那樣勉強自己。

11 番

F：部長のことだから、何か計画が
　　あるのでしょう。

M：1　自分のことだから、きっと
　　　　考えがあるよ。

　　2　<u>そうだね。考え深い人だか
　　　　らね。</u>
　　　　　　└同意

　　3　うん。みんな部長のために
　　　　何か考えているはずだよ。

（11）

F：以經理的作風，想必已有定見。

M：1　畢竟事關自己，他一定做好
　　　　打算了。

　　2　是啊，畢竟他深謀遠慮。

　　3　嗯，大家應該會為經理著想吧。

12 番

M：木村さんに頼まないことには
　　何も始まらないよ。

F：1　<u>だから、頼まなければよ
　　　　かったのに。</u>
　　　　　　└後悔

　　2　じゃあ、すぐ頼んでみるよ。

　　3　頼んだことがないよ。

（12）

M：不拜託木村小姐就什麼事都做不
　　成了。

F：1　就說嘛，不拜託不就得了！

　　2　那麼，我馬上去拜託看看。

　　3　我沒拜託過呀。

13 番

M：新人ならいざ知らず、山口さんが
　　こんなミスをするなんて驚いたよ。

F：1　ええ、山口さんは入社したば
　　　　かりですからね。

　　2　ああ、きっと、新人社員はま
　　　　だ知らないんですね。

　　3　ええ、山口さんらしくないですね。

（13）

M：如果是新進員工也就算了，沒想
　　到山口先生居然會犯下這種錯誤，
　　實在令人意外！

F：1　是呀，畢竟山口先生才剛進
　　　　公司不久嘛。

　　2　唉，一定是新進員工還不懂吧。

　　3　是呀，一點都不像山口先生
　　　　的作風呀。

翻譯與解題

もんだい 1

もんだい 2

もんだい 3

もんだい ❹

もんだい 5

這是女士在批評男士的言行舉止十分自私的狀況。

選項1和選項2是當對方說「がんばらなければ（必須努力）」、「がんばろうと思う（我想盡我所能）」時的回答。

| □ さえ　只要…就行

女士的意思是「あの部長だから、きっと計画があるはずだ（畢竟是那位經理，他心裡一定有計畫了）」，因為她了解經理的個性，所以才會這麼説。而男士也同意女士的看法。

選項1，女士的意思並不是指「～のことだから（因為是～的事情）」。

選項3，考慮計畫的是經理，並非大家。

| □ はずだ　應該，一定會

「始まらない（做不成）」的意思是「何の役にも立たない。無駄だ（無濟於事、無能為力）」。

男士是説，如果不去拜託木村小姐，就什麼事都無法完成。

選項1這是當對方説後悔拜託了木村小姐時的回答。

選項3這是當對方詢問是否拜託過木村小姐時的回答。

| □ じゃあ　那麼

「～はいざ知らず（如果是～就算了）」的意思是「～はどうだかわからないが（我雖然不知道會不會～）」。例句：「昔の人はいざ知らず、現代人は砂糖のとりすぎである（姑且不論以前的人，但現代人的糖分攝取過量）」。

男士説「新人ならどうだか知らないが〈無理もないことかもしれないが〉（如果是新人還情有可原〈也許是理所當然〉）」，也就是説他對山口先生所犯的錯誤感到意外。

| □ ～ならいざ知らず　如果是～就算了

選項1，山口先生並非剛進公司。

選項2，男士在説的是山口先生。而且山口先生並非新進員工。

N1 聴力模擬考題　問題4　第二回　(4-16)

問題4では、問題用紙に何も印刷されていません。まず文を聞いてください。それから、それに対する返事を聞いて、1から3の中から、最もよいものを一つ選んでください。

(4-17) **れい**　【答案詳見：235頁】　　答え： 1 2 3 4

- メモ -

(4-18) **1ばん**　【答案跟解説：180頁】　　答え： 1 2 3 4

- メモ -

(4-19) **2ばん**　【答案跟解説：180頁】　　答え： 1 2 3 4

- メモ -

(4-20) 3ばん　【答案跟解説：180 頁】　　答え： ① ② ③ ④

- メ モ -

(4-21) 4ばん　【答案跟解説：182 頁】　　答え： ① ② ③ ④

- メ モ -

(4-22) 5ばん　【答案跟解説：182 頁】　　答え： ① ② ③ ④

- メ モ -

(4-23) 6ばん 　【答案跟解説：182 頁】　　答え： ① ② ③ ④

- メモ -

(4-24) 7ばん 　【答案跟解説：184 頁】　　答え： ① ② ③ ④

- メモ -

(4-25) 8ばん 　【答案跟解説：184 頁】　　答え： ① ② ③ ④

- メモ -

(4-26) 9ばん 　【答案跟解説：184 頁】　　答え： ① ② ③ ④

- メモ -

(4-27) 10 ばん　【答案跟解説：186 頁】　　答え：① ② ③ ④

- メ モ -

(4-28) 11 ばん　【答案跟解説：186 頁】　　答え：① ② ③ ④

- メ モ -

(4-29) 12 ばん　【答案跟解説：186 頁】　　答え：① ② ③ ④

- メ モ -

(4-30) 13 ばん　【答案跟解説：186 頁】　　答え：① ② ③ ④

- メ モ -

問題4では、問題用紙に何も印刷されていません。まず文を聞いてください。それから、それに対する返事を聞いて、1から3の中から、最もよいものを一つ選んでください。

4-18
Answer **2**

1番

M：新人なんだから、もっと温かい目で見てあげたら。└建議

F：1　そうね。もっと大きい声で言う。

　　2　そうね。厳しく言い過ぎたかも。└同意

　　3　そうね。もっと厳しく教えなきゃね。

（1）

M：畢竟是菜鳥，別那麼嚴厲吧。

F：1　也對，以後要提高嗓門糾正！

　　2　也對，或許我訓得有點過火了。

　　3　也對，以後得更嚴格教他才行！

4-19
Answer **1**

2番

M：僕が約束をやぶったなんて、人聞きの悪い*こと言わないでよ。あの日はひどい熱だったんだから。└禁止

F：1　ごめん、ごめん。

　　2　そんなに遠慮しないで。

　　3　心から感謝してるよ。└感謝

（2）

M：別説什麼我放妳鴿子，講得那麼難聽！那天是因為發高燒才沒去啊。

F：1　抱歉抱歉！

　　2　別那麼客氣。

　　3　我打從心底感謝你喔！

4-20
Answer **3**

3番

M：やっとテストが終わったけど、難しいなんてもんじゃなかった*よ。

F：1　簡単でよかったね。

　　2　それならきっと合格できるね。

　　3　えーっ、どうするの。合格できなかったら。└擔心

（3）

M：終於考完了，簡直難得要命！

F：1　題目簡單真是太好了！

　　2　既然如此，一定可以通過測驗吧！

　　3　嗄，萬一沒通過，該怎麼辦？

翻譯與解題

もんだい 1

もんだい 2

もんだい 3

もんだい ❹

もんだい 5

第四大題。答案卷上沒有印任何圖片和文字。請先聽完主文，再聽回答，從選項1到3當中，選出最佳答案。

　　對話的背景是男士看到女士對「新人（生手、菜鳥）」太嚴厲而提醒女士。

　　女士聽到這番話，坦率的反省了。

　　選項1是當對方説自己聲音太小時的回答。

　　選項3是當對方説自己對菜鳥太好時的回答。

| □ 言_いい過_すぎ　説得過火

　　對話的背景是男士正在解釋自己由於發燒而無法赴約，希望女士不要説他沒有遵守約定，這樣的重話「人聞きが悪い（難聽）」。女士知道是自己不對，坦率的道歉。

　　選項2　這是對客氣的人説的話。

　　選項3　這是用來道謝的話。

　　（＊）難聽＝不好的名聲。別人聽了會有負面的感覺。

| □ 人_{ひと}聞_ぎき　名聲

　　這是當女士聽到男士説考題很難時，擔心若是沒有合格的話要怎麼辦的狀況。

　　選項1和選項2都是當對方説考題很簡單時的回答。

　　（＊）難得要命＝難度高到光是以「難しい（困難）」來形容還不夠。

　　　　範例：「痛いなんてもんじゃなく、気を失いそうだったよ。（痛得要命，幾乎要休克了。）」

| □ それなら　要是那様

4番

M：そんなに口やかましく*¹言わないほうがいいんじゃない。
└建議、提醒

F：1　そうね。簡単すぎるよね。

　　2　そうね。ガミガミ*²言い過ぎたかも。

　　3　そうね。甘やかしすぎたかも。

(4-21) Answer 2

(4)

M：不要那麼嘮嘮叨叨的比較好吧。

F：1　也對，太簡單了吧。

　　2　也對，或許罵得太兇了。

　　3　也對，或許寵過頭了。

(4-22) Answer 1

5番

F：田中君、さっき会ったとき、なんかそっけない態度だったんだけどどうしたのかな。
└冷淡

M：1　なんかひどいこと言ったんじゃない。

　　2　今日はひまだからじゃない。
└確認

　　3　話したいことがたくさんあるからだよ。

(5)

F：剛才碰到田中的時候，他對我似乎有點愛理不理的，怎麼回事呀？

M：1　是不是對他說了什麼過分的話？

　　2　是不是因為今天太閒了呢？

　　3　因為有太多話想說了。

(4-23) Answer 3

6番

M：このドラマも、もう打ち切り*だね。最初は注目されてたのに。

F：1　うん。楽しみだね。

　　2　うん。人気があるからね。

　　3　うん。つまらないからね。
└同意

(6)

M：這部影集決定提前下檔了。一開始可是備受矚目呢！

F：1　嗯，很期待喔！

　　2　嗯，因為很紅嘛！

　　3　嗯，實在太難看了。

翻譯與解題

もんだい 1

もんだい 2

もんだい 3

もんだい ❹

もんだい 5

這是男士看到女士一直對某人嘮叨，因而出言提醒的情況。

選項1，這是當對方説某事太簡單時的回答。

選項3，這是當對方説自己太溺愛時的回答。

（＊1）嘮嘮叨叨＝喋喋不休，近乎煩人的狀態。

（＊2）罵得太兇＝大聲訓人的樣子。

| □ <ruby>口<rt>くち</rt></ruby>やかましい　嘮叨，囉嗦

這是女士在猜測造成田中愛理不理的態度的原因。所以要選可以表達出愛理不理的原因的選項。

選項2和選項3和態度冷淡並不相關。

| □ そっけない　愛理不理，冷淡

這是正在觀賞不好看的影集時的對話。要選能表達提前下檔的原因的選項。

選項1和選項2，如果是「楽しみ（很期待）」、「人気がある（很紅）」的影集，就不會提前下檔。

（＊）下檔＝因為內容乏善可陳，所以被提前結束了。

| □ <ruby>打<rt>う</rt></ruby>ち<ruby>切<rt>き</rt></ruby>り　中止，結束

7番

F：今日ね。タカシにねだられて、これ…。

M：1 また*、ずいぶん高いものを買ったね。

　　2 あーあ。修理しないとだめだね。

　　3 もらったの？ タカシはやさしいね。
　　　　└確認

(7)

F：今天呢，小隆一直纏著要這個，結果就……。

M：1 就算這樣，還是買了那麼貴的東西！

　　2 唉，不修理不行了。

　　3 人家送的？小隆真善良。

8番

M：いくらかっとしたからって、それを言ったらおしまい*だよ。

F：1 そうね。もう話し続けないようにする。

　　2 うん。これからは冷静に話すよ。

　　3 えっ？もう終わりなの？

(8)

M：就算火冒三丈，一旦脫口說出那種話，場面就不可收拾了。

F：1 有道理，我會把話打斷。

　　2 嗯，以後會冷靜下來和對方溝通。

　　3 嘎？已經結束啦？

9番

F：こんな大まかな説明で、ご理解いただけたでしょうか。

M：1 ええ。だいたいわかりました。詳細は後日お知らせください。

　　2 はい。はっきり聞こえました。

　　3 そうですね。少し大げさですね。

(9)

F：大致說明如上，不曉得您是否了解內容了？

M：1 是，大概都懂了。進一步的細節請於日後賜知。

　　2 是，聲音聽得很清楚。

　　3 是啊，確實有些誇張。

對話的背景是將小隆纏鬧而只好買下的東西拿給男士看。要選男士看見這樣東西之後所説的話。

選項 2 是看見損壞了的物品時的回答。

選項 3 是看見小隆送的禮物時的回答。

（＊）就算這樣＝不是「ふたたび（再次）」的意思，而是「それにしても（即便如此）」的意思。例句：「また、今日はずいぶんおしゃれしているね。（話説回來，今天打扮得很漂亮呢。）」

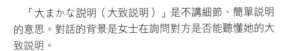
| □ ねだる　賴著要求；纏著，強求

「かっとする（火冒三丈）」是指變得情緒化。這是男士開口提醒女士不要因為情緒化而説話傷人的狀況。

選項 1 是被人説自己發言冗長時的回答。

選項 3 是話題突然結束時説的話。

（＊）一旦説出那種話，場面就不可收拾了＝「おしまい（不可收拾）」是無法挽回的意思。例如，因憤怒而不小心脱口而出「別れよう（分手吧）」之類的話，於是兩個人的關係就無法挽救了。

| □ かっとする　火冒三丈

「大まかな説明（大致説明）」是不講細節、簡單説明的意思。對話的背景是女士在詢問對方是否能聽懂她的大致説明。

選項 2 是對方詢問是否聽得清楚時的回答。

選項 3 是對方詢問不會太誇張了嗎的回答。

| □ 詳細（しょうさい）　詳細

10番

M：あ、まつげになんか付いてるよ。取るからちょっとじっとしてて。

F：1　うん。すぐ疲れちゃうんだ。ごめん。

　　2　えっ、ほんと？　ありがとう。

　　3　よく見えなくて。こすってみるよ。

(10)

M：啊，好像有睫毛沾在那裡了！我幫妳拿掉，不要動喔！

F：1　嗯，一下子就累了，抱歉。

　　2　啊，真的嗎？謝謝。

　　3　看不太清楚，試著揉揉眼睛喔。

4-27　Answer **2**

11番

F：あの人、言っていることがあやふやだね。

M：1　うん。信頼できそうで安心したよ。

　　2　うん。すごくユーモアがあるね。

　　3　うん。もう一度別の人に確認してみようか。
　　　└提議

(11)

F：那個人講話不清不楚的。

M：1　嗯，看起來值得信賴，讓人放心呢。

　　2　嗯，很風趣喔。

　　3　嗯，要不要找別人再確認一下？

4-28　Answer **3**

12番

F：そんな見え透いたお世辞言われても、何も出ないから。

M：1　いや、本当にすごくきれいだよ。

　　2　見えなくても、少しは出してよ。

　　3　信じてくれて、ありがとう。

(12)

F：就算講這種恭維話，也沒什麼甜頭可嚐。

M：1　沒的事，妳真的很漂亮啊！

　　2　就算看不到，多多少少給點甜頭吧。

　　3　謝謝妳相信我。

4-29　Answer **1**

13番

M：こんな仕事をさせられるとわかっていたら、もっと動きやすい服を着てきたのに。
　　　└後悔

F：1　ああ、スーツを着て来てよかったね。
　　　　　　　　　　　　　　　└慶幸

　　2　ああ、ジーンズとTシャツで来てもよかったね。

　　3　ああ、ネクタイをして来ればよかったね。

(13)

M：早知道要來做這種苦工，我就會穿更容易活動的衣服了。

F：1　唉，幸好穿套裝來了。

　　2　唉，其實穿牛仔褲和T恤來就可以了。

　　3　唉，早知道就打領帶來了。

4-30　Answer **2**

翻譯與解題

もんだい 1

もんだい 2

もんだい 3

もんだい ❹

もんだい 5

這是男士發現女士的睫毛上似乎沾上東西了，説要幫她拿掉的狀況。

選項1用在被詢問「疲れたの？（累了嗎？）」的情況下。

選項3，因為本人無法看見沾在睫毛上的東西，所以這個回答不合理。

| □ まつげ　睫毛

在這裡的情況，「あやふや（不明確、曖昧）」是説法含糊、説不清楚的意思。

女士正在抱怨，所以要選擇能回應女士抱怨的回答。

選項1是當對方説「あの人しっかりしてるね（那個人真可靠呢）」時的回答。

選項2是對方是一個有趣的人的意思。

| □ あやふや　態度不明確的；靠不住的樣子；含混的；
|　　曖昧的

「見え透いた（看穿）」是謊言馬上就會被拆穿的意思。女士的意思是「そんな、嘘とわかるようなお世辞を言っても、何にもお礼はしないよ。（就算説了這種馬上會被拆穿的恭維話，也不會得到任何好處哦。）」，所以要選在這種情形下，男士該怎麼回答的選項。

| □ 見え透く　看穿

男士正為沒有穿容易活動的衣服而後悔，所以要選擇表示贊同男士看法的回答。

選項1，西裝不是容易活動的衣服。

選項3，領帶也不適合需要做大幅度動作的工作。

N1 聴力模擬考題　問題4　第三回　(4-31)

問題4では、問題用紙に何も印刷されていません。まず文を聞いてください。それから、それに対する返事を聞いて、1から3の中から、最もよいものを一つ選んでください。

(4-32) **れい**　【答案詳見：235 頁】　　答え： ① ② ③ ④

- メモ -

(4-33) **1ばん**　【答案跟解説：192 頁】　　答え： ① ② ③ ④

- メモ -

(4-34) **2ばん**　【答案跟解説：192 頁】　　答え： ① ② ③ ④

- メモ -

(4-35) 3ばん 【答案跟解説：192 頁】　　　答え： ① ② ③ ④

- メモ -

(4-36) 4ばん 【答案跟解説：194 頁】　　　答え： ① ② ③ ④

- メモ -

(4-37) 5ばん 【答案跟解説：194 頁】　　　答え： ① ② ③ ④

- メモ -

答え： ① ② ③ ④

- メモ -

答え： ① ② ③ ④

- メモ -

答え： ① ② ③ ④

- メモ -

答え： ① ② ③ ④

- メモ -

(4-42) 10 ばん 【答案跟解説：198 頁】　　答え： ① ② ③ ④

- メ モ -

(4-43) 11 ばん 【答案跟解説：198 頁】　　答え： ① ② ③ ④

- メ モ -

(4-44) 12 ばん 【答案跟解説：198 頁】　　答え： ① ② ③ ④

- メ モ -

(4-45) 13 ばん 【答案跟解説：198 頁】　　答え： ① ② ③ ④

- メ モ -

模擬試題

もんだい 1

もんだい 2

もんだい 3

もんだい ❹

もんだい 5

問題4では、問題用紙に何も印刷されていません。まず文を聞いてください。それから、それに対する返事を聞いて、1から3の中から、最もよいものを一つ選んでください。

Answer `4-33` 1

1番

M：怒らせるつもりはなかったんだよ。

F：1　でも、そんなこと言われたら、だれだって怒るよ。

　　2　きっと、怒らせたかったからだね。

　　3　いつも、怒ってばかりだったよ。

(1)

M：我又不是故意惹妳生氣的。

F：1　可是，講那種話，任誰都會生氣嘛！

　　2　一定很想惹我生氣吧？

　　3　你總是一副氣沖沖的模樣。

Answer `4-34` 2

2番

M：この映画、すごい人気だけど、<u>見てみたらくだらない話だったよ。</u>
　　└抱怨

F：1　<u>やっぱり。</u>だから評判がいいのね。
　　└預料

　　2　そう。じゃ、見るのやめようっと。

　　3　へえ。もう一度見るなら、絶対誘って。

(2)

M：這部電影非常賣座，結果看了以後，根本無聊得很。

F：1　果然沒錯，難怪風評那麼好。

　　2　是嗎？那，我就不去看了。

　　3　是哦，如果你要再看一次，一定要找我一起去喔！

Answer `4-35` 1

3番

M：<u>みんな、離ればなれ*</u>にならないようにね。
　　└提醒

F：1　うん。手をつないで行くから大丈夫。

　　2　うん。みんなのこと、絶対忘れないから大丈夫。

　　3　うん。カバン、しっかり持ってるから大丈夫。

(3)

M：大家不可以走散了喔！

F：1　嗯，大家都手牽手走路，不會走丟的。

　　2　嗯，我永遠都會記得大家，不會忘的。

　　3　嗯，袋子我牢牢握著，不會弄丟的。

解題攻略

第四大題。答案卷上沒有印任何圖片和文字。請先聽完主文，再聽回答，從選項1到3當中，選出最佳答案。

解題攻略

　無意中惹對方生氣了。這裡的情況是要辯解自己沒有那個意思。

　對方説自己不是故意的，因此選項2的回答不合理。

　選項3是當對方説「ぼく、そのときは怒っていなかったつもりだよ。（我那時沒有生氣啊！）」時的回答。

　　| □ 怒らせる　惹怒，使憤怒
　　　　おこ

　這是説話者認為儘管電影大受歡迎，但電影非常無聊的狀況。

　選項1和選項3用在回答當對方説自己看了這部電影後覺得很有趣的情況。

　　| □ 評判　評價，評論
　　　　ひょうばん

　這是當好幾個人一起走在人群中，彼此叮嚀不要走散了的狀況。

　選項2，這是當對方説即使分別了也不要忘記我們一起經歷的時光時，所説的回答。

　選項3，這是當對方提醒自己袋子不要掉了時的回答。

（＊）走散＝與對方走遠了。意思相近的還有其他像是「別れ別れ（失散）」等的詞語，表示雙方分離的意思。

　　| □ 離ればなれ　走散，分散
　　　　はな

4番

M：あれ？まぶたがはれてるけ
　　ど、どうしたの。　└吃驚

F：1　新しいメガネに換えて
　　　みたんだ。

　　2　きのうは食べすぎちゃっ
　　　て。

　　3　この本、感動して涙が
　　　止まらなくて。

(4)

M：咦？眼皮腫腫的，怎麼了嗎？

F：1　我換了一副新眼鏡。

　　2　昨天吃太多了。

　　3　這本書太讓人感動了，害我
　　　淚流不止。

5番

F：一回戦、突破したんですね。

M：1　残念でしたが、次はがん
　　　ばります。

　　2　ええ。おかげさまで。次
　　　もがんばりますよ。

　　3　はい。とても勝てません
　　　から。

(5)

F：第一回合已經過關嘍！

M：1　雖然遺憾，下次再努力。

　　2　是啊，託您的福，接下來也
　　　會繼續努力。

　　3　是的，實在沒辦法打贏他們。

6番

M：掃除や荷物運びぐらいは、
　　まかせてよ。

F：1　えっ、いいの？　助か
　　　るわ。

　　2　えっ、私がやるの？
　　　はいはい。　└不情願

　　3　ごめん、すぐ業者にた
　　　のむよ。

(6)

M：打掃和搬行李這些小事，交給我
　　就行囉！

F：1　嘎，可以嗎？太好了！

　　2　嘎，要我做？好吧。

　　3　對不起，馬上去找業者來做！

解題攻略

翻譯與解題

もんだい 1

もんだい 2

もんだい 3

もんだい ❹

もんだい 5

　這個狀況是詢問對方眼皮腫的原因。對方回答因為讀了這本書後太感動而淚流不止，所以眼皮腫起來了。

　選項1和選項2，換新眼鏡或吃太多都不會造成眼皮腫。

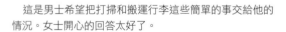

| □ 腫^はれる　腫脹

　「突破（過關）」是指在比賽中擊敗對手並且晉級。

　選項1是當對方説「１回戦、敗れたんだってね。（聽説第一回合吃了敗仗哦？）」時的回答。

　選項3是當對方説「次の試合、あきらめたの？（下一場比賽，要放棄嗎？）」時的回答。

| □ 突破^{とっぱ}　突破

　這是男士希望把打掃和搬運行李這些簡單的事交給他的情況。女士開心的回答太好了。

　選項2是當對方説「掃除や荷物運びぐらいは君がやってよ。（你至少也要打掃或是搬運行李啊！）」時的回答。

　選項3是當男士説自己實在沒辦法幫忙打掃和搬運行李時的回答。

| □ 業者^{ぎょうしゃ}　業者

7番

F：最近、胸が痛むようなニュースが多いね。

M：1 うん、いろんなものの値段が上がっているね。

2 うん、体のためには食べ物に気をつけないとね。

3 うん、幼い命が奪われるなんて、辛すぎるよ。
└強調

(4-39) Answer **3**

(7)

F：最近有不少新聞都讓人心痛。

M：1 嗯，很多東西的價格都上漲了。

2 嗯，為了身體健康，一定要注重飲食。

3 嗯，竟然奪走了那麼幼小的生命，真是太殘忍了！

8番

M：そんな固いこと言わないでよ。

F：1 だめといったらだめ。友達だからこそお金は貸さないの。
└拒絶

2 このパン、まだそんなに硬くないよ。柔らかい。

3 ひどい。もう、笑わないでよ。

(8)

M：不要講那種不近情理的話嘛！

F：1 我說不行就是不行！就因為是朋友才不能把錢借給你。

2 這種麵包還沒有那麼硬喔，很軟。

3 好過分！真是的，不要笑人家啦！

9番

F：フジタ産業、最近、支払いが滞っているようです。

M：1 不景気だからとはいえ、困りましたね。

2 ありがたいですね。
└感謝

3 かなり儲かっているんですね。

(9)

F：富士田產業，最近似乎延後付款了。

M：1 雖說不景氣，實在傷腦筋哪！

2 真是太感謝了！

3 他們賺了不少嘛！

　「胸が痛む（心痛）」是指因為悲傷和擔心，而感到痛苦的意思。

　選項1，看到物價上漲的新聞不會因悲傷而心痛。

　選項2誤解了「胸が痛む（心痛）」的意思。這並不是指因為食物而造成的胸痛，而是表示非常痛苦的情緒。

| □ 命 生命，性命

　在這種情況下，「固い（不近情理）」的意思是「厳しい、頑固だ（毫不留情、固執）」。這裡的情況是女士在回答男士不要説這種毫不留情的話。

　選項2，對話內容並非談論麵包的硬度。

　選項3是當自己説了好笑的話而被對方嘲笑時的反駁。

　這裡的狀況是當女士説富士田產業延後付款（沒有付清、積欠款項），男士給予的回答。因此，要選感到困擾的答案。

　選項2和選項3是當被告知對方付款順利，或者是一次結清款項時的回答。

| □ 滞って 拖欠

10番

M：こんなことなら他の映画にするんだった。

F：1　そうね。感動しちゃった。

　　2　うん。なんで人気があるのか不思議。
　　　　└疑問

　　3　それなら、絶対これを見ないと後悔するよ。

(4-42) Answer 2

（10）

M：早知道這麼難看，就挑別部電影了。

F：1　是呀，我看得好感動！

　　2　嗯，怎麼會賣座那麼好，真是不可思議！

　　3　既然如此，不看這部一定會後悔的！

(4-43) Answer 3

11番

F：今日って田中君の誕生日じゃなかったっけ？
　　　　　　　　└確認

M：1　いや、誕生日じゃなかったよ。

　　2　そう、誕生日だったよ。よく覚えたね。

　　3　へえ、覚えててくれたんだ。ありがとう。

（11）

F：今天不是田中你的生日嗎？

M：1　不，那天並不是我的生日喔！

　　2　對，我的生日已經過了。謝謝妳居然記得！

　　3　哇，妳還記得是我的生日，謝謝！

(4-44) Answer 1

12番

M：内田君はちょっと頭を冷やした*方がいいよ。しばらく放っておこう。

F：1　そうですね。冷静になるまで、そっとしておきましょう。

　　2　大丈夫でしょうか。冷えすぎませんか。

　　3　ええ。ずいぶん落ち着いていましたからね。

（12）

M：內田需要冷靜一下比較好。暫時讓他一個人靜一靜吧。

F：1　說得也是，先別打擾他，讓他冷靜下來吧。

　　2　這樣沒問題嗎？會不會太冷了呢？

　　3　是呀，情緒已經變得相當穩定了。

(4-45) Answer 1

13番

F：新しいリーダーは、酒井さんをおいて他にいない*と思います。

M：1　そうですね。酒井さんが一番ですね。
　　　　　　　　　　└同意

　　2　そうですね。酒井さん以外ならだれでもいいですね。

　　3　そうですね。酒井さんはリーダーがいないって言っていましたね。

（13）

F：新組長，除了酒井先生不作第二人想。

M：1　就是說啊，酒井先生是最佳人選。

　　2　就是說啊，除了酒井先生以外，誰都可以。

　　3　就是說啊，酒井先生說過組長不在喔。

翻譯與解題

もんだい 1

もんだい 2

もんだい 3

もんだい ❹

もんだい 5

這是看了賣座電影後，覺得實在難看極了的情況。

選項1是當對方說「いい映画だったね（真是一部好電影呢）」時的回答。

選項3是當對方說「見てよかったと思える映画ないかなあ。最近、そんな映画見たことないよ。（有沒有看了之後覺得不錯的電影啊？最近都沒看到這種好電影耶。）」時的回答。

| □ 不思議（ふしぎ）　不可思議

這是女士向田中君確認「今天不是你的生日嗎？」的情況。田中君對女士還記得自己的生日感到感謝。

選項1，如果要表示不是「今日（今天）」，應該回答「いや、今日じゃないよ。（不，不是今天哦！）」

選項2，如果要感謝對方記得生日是「今日（今天）」，應該回答「そう、今日だよ。よく覚えててくれたね。（對，是今天哦，謝謝妳居然記得。）」

| □ 〜っけ　是不是〜呢

這個狀況是男士看到情緒激動的內田，說暫時讓他冷靜一下比較好。

選項2的回答把「頭を冷やす」誤以為是「把頭部降溫」的意思了。

選項3，內田並不冷靜。

（＊）冷靜下來＝使興奮的情緒變得和緩，平靜下來的意思。面對情緒激動、正在興奮的人，可以說「頭を冷やせ（去冷靜冷靜）」。

| □ 放（ほう）っておく　別管，放一邊

女士強烈推薦酒井先生擔任新組長。在這樣的情況下，由於三個選項都以「そうですね（就是說啊）」來同意女士，所以要選擇後半句符合情理的回答。

選項2的回答是當對方說除了酒井先生之外，誰都可以。

選項3，酒井先生說過什麼事，與本題沒有關係。

（＊）除了酒井先生誰都不行＝除了酒井先生之外，誰都不可以。

| □ をおいて　除了〜之外

MEMO

総合理解

在聽完較長的會話段落之後，測驗是否能夠將之綜合比較並且理解其內容。

考前要注意的事

▶ 作答流程 & 答題技巧

聽取說明	先仔細聽取考題説明

聽取 問題與內容	測驗目標是聽取內容較長的文章，一邊比較、整合大量的資訊，一邊理解談話內容。「1番、2番」選項不會印在考卷上，「3番」選項會印在考卷上。

預估有 4 題左右

1 這大題題型多為針對兩人以上的談話內容作答，或是兩人針對新聞主播或推銷員等談論的某事進行討論，再根據討論的內容作答。

2 由於資訊量大，請邊聽每個説話者意見的相異點，邊聆聽邊做筆記。

答題	再次仔細聆聽問題，選出正確答案

N1 聴力模擬考題　問題5　第一回　(5-1)

問題5では、長めの話を聞きます。この問題には練習がありません。

メモをとってもかまいません。

1番、2番

問題用紙に何も印刷されていません。まず話を聞いてください。それから、質問とせんたくしを聞いて、1から4の中から、最もよいものを一つ選んでください。

(5-2) **1番**　【答案詳見：204 頁】　　答え：① ② ③ ④

- メモ -

(5-3) **2番**　【答案跟解説：206 頁】　　答え：① ② ③ ④

- メモ -

3番 （5-4）

まず話を聞いてください。それから、二つの質問を聞いて、それぞれ問題用紙の1から4の中から、最もよいものを一つ選んでください。

（5-5）**3番** 【答案跟解説：208頁】　　答え：①②③④

質問1

1　みんなで違うものが食べたいとき

2　デートをするとき

3　静かなところで勉強したいとき

4　甘いものを食べたいとき

質問2

1　一休みするには便利だ

2　安いので便利だ

3　家族がコンビニに寄って帰ると遅くなるので困る

4　たびたび利用するとお金がかかる

問題用紙に何も印刷されていません。まず話を聞いてください。それから、質問とせんたくしを聞いて、1から4の中から、最もよいものを一つ選んでください。

1番

電話で男の人と女の人が話しています。

F：ノートパソコンの画面にひびが入ったということですが、原因はどのようなことでしょうか。

M：床に落としてしまったんです。

F：もう見えない状態ですか。

M：いえ、映りますし、操作もできます。ただ、見づらいし、このまま使うのもいやなので。

F：そうしますと、保証対象外になりますが。

M：はい、しょうがないですね。修理代はいくらになりますか。

F：弊社のホームページからオーダーしていただくと、クレジットカード払いで28,000円、電話で承りますと他にコンビニ払い、銀行振り込み、代金引換が選択できて、30,000円と、プラス、それぞれの手数料になります。

M：けっこうしますね。ちょっと考えてみます*。あ、 ←關鍵句 [1]
日数はどうですか。

F：工場の予定もありますので、なんとも申し上げられないのですが、通常ですと、ご注文をいただいてから二週間から一か月でお届けできるかと思います。

M：仕事で使ってるんで少しでも早い方がいいから、
サイトから自分で今やります。 ←關鍵句 [2]

□ 画面 畫面
□ 見づらい 看不清楚
□ 保証対象外 不在保固範圍
□ 振り込み 轉帳
□ 代金引換 取貨付款
□ 通常 通常・普通

男の人は、どうすることにしましたか。

1 自分で修理する
2 インターネットで修理を注文する
3 電話で修理を頼む
4 工場にパソコンを持っていく

翻譯與解題

もんだい 1

もんだい 2

もんだい 3

もんだい 4

もんだい ⑤

答案卷上沒有印任何圖片和文字。請先聽完對話，再聽問題和選項，從選項 1 到 4 當中，選出最佳答案。

(1)

男士和女士正在通電話。

F：您説筆記型電腦的螢幕出現了裂縫，請問是什麼原因造成的呢？

M：它掉到地上了。

F：目前的狀態是什麼都看不到了嗎？

M：不，還是有畫面，也可以操作。只是視覺上不舒服，我也不想將就著繼續用。

F：這樣的話，恐怕無法使用保固。

M：我知道，這也是沒辦法的事。請問修理費大概多少錢呢？

F：如果是自行上本公司的官網申請修理，以信用卡支付28,000圓即可；若是由電話客服申請，那麼付費方式包括便利商店轉帳、銀行匯款，以及貨到付款，總金額是30,000圓外加不同支付方式的手續費。

M：費用蠻高的，讓我考慮一下。對了，送修需要幾天呢？

> ①男士在電話中詢問修理電腦的相關事宜，但由於修理費太貴，他説要再考慮看看。

F：這必須看工廠那邊的接單狀況而定，沒有辦法向您保證，不過一般來説，大約從接單後的兩星期到一個月左右可以送回您手上。

M：這台是工作用的，希望能盡快修好，我現在就上官網自己申請。

> ②最後，他決定上網申請修理。

-------- Answer **2**

請問男士決定怎麼做呢？

1　自己修理
2　從官網上申請修理
3　透過電話客服申請修理
4　把電腦送去工廠

> 對話中沒有提到有關於選項 1 和選項 4 的內容。

（＊）考慮一下＝用在無法馬上決定、暫且婉拒的情形。

2番

会社で、社員がパソコンを見ながら同僚の結婚祝いについて話しています。

M：市川さんって料理はほとんどしない、ラーメンさえ作らないって言ってたよね。

F1：そう。あ、じゃあ、缶詰のセットなんてどうかな。ふつうの缶詰じゃなくて、世界中のおいしいものを集めたセットになってるやつ。

F2：楽しいと思うけど、缶詰って、どうかなあ。一応、結婚祝いだよ。もうちょっと夢があるものにしない。

M：缶詰、僕だったらうれしいけどね。じゃ、そうだ、料理を保存できる入れものってどう？

F2：だから、料理はしないんだって。

M：ああ、そうか。それじゃ何にもならないね。

F1：ねえねえ、でもさ、ご主人はどうなのかな。意外と料理、好きだったりして。

M：そうだよね。

F2：ねえねえ、ちょっとこれ見て。**二人で仲良く協力して料理ができるように**、こんなの、どう。 ← 關鍵句

F1：ああ、いいね。**あの二人なら似合いそう。**[1] ← 關鍵句

M：ああ、**ピンクと白か。いかにも新婚って感じだね。**[2][3] ← 關鍵句
　　いいんじゃない。

□ 缶詰 罐頭
□ 似合い 相配，合適
□ ワイングラス【wineglass】紅酒杯

3人は何を贈ることにしましたか。

1　高級食器のセット
2　おそろいのエプロンセット
3　ペアのワイングラス
4　キッチンに飾る写真

翻譯與解題

もんだい 1

もんだい 2

もんだい 3

もんだい 4

もんだい

❺

(2)

職員們在公司裡一面看著電腦,一面討論該送什麼結婚賀禮給同事。

M:市川小姐說過自己幾乎不下廚,連速食麵也不會煮呢。

F1:對。啊,那麼,送罐頭禮盒如何?不是那種常見的罐頭,而是從世界各地蒐集來的山珍海味禮盒。

F2:這主意蠻有意思的,可是送罐頭好嗎?畢竟是結婚賀禮,應該送浪漫一點的東西才好吧。

M:換做是我收到罐頭,一定很開心。那,對了,送可以保存食物的收納容器怎麼樣?

F2:剛才不是說過了,她不煮飯嘛!

M:喔,對哦。這樣的話,送她也沒用。

F1:欸,可是呀,她先生說不定用得著喔!或許她先生很喜歡做菜。

M:有道理。

F2:欸,你們看一下這個。像這種可以讓夫妻倆甜甜蜜蜜一起下廚的,你們覺得好不好?

F1:哇,這個好!看起來很適合他們兩個!

M:喔,粉紅色和白色,真有新婚夫妻的感覺。就挑這個吧。

> ①②③因為兩人一起下廚時可以使用,而且顏色是粉紅色和白色,感覺很適合新婚夫妻。

> 從以上這幾點,可以推測出正確答案應是選項 2 成套的圍裙。

-- Answer 2

他們三人最後決定送什麼呢?

1 高級餐具組

2 成套的圍裙

3 一對紅酒杯

4 掛在廚房的相片

> 選項 1、3、4 均不符合①②③的前提。

まず話を聞いてください。それから、二つの質問を聞いて、それぞれ問題用紙の1から
4の中から、最もよいものを一つ選んでください。

3番

テレビで、コンビニエンスストアの変化について話しています。

M：コンビニの売り上げ競争が激しくなってきています。ラーメン、
うどん、スパゲティの種類を増やしたり、ケーキやシュークリー
ム、ドーナツなどのデザートに力を入れたりしている店が増え
ています。これは、じわじわと値段が上がっている5000億円の
ラーメン市場、昔からほぼ値段の変わらない2500億円のピザ市
場を狙ったもので、コンビニならこれらの値段設定より安くで
きるのです。また最近は、店内で飲食ができるイートインコー
ナーを設ける店も増えており、外食産業も改革を迫られていま
す。

M1：もちろん高校生はコンビニに行くよ。だって、ラーメン屋は高
いもん。

M2：そりゃそうだけど、うまいのか。 | 關鍵句 |

M1：味はわかんないけどさ。みんなで食べるときは便利だよ。ラー
メン嫌いなやつもいるし。 ①

F ：ああ、女の子がいっしょだと特にそうかもね。

M1：女子とは行かないけど、男子もラーメンよりドーナッツとコー < | 關鍵句 |
ヒーとかっていうやつ、多いよ。 ②

F ：ふうん。

M1：僕は、塾の前にちょっと宿題やりたいときも行くよ。コーラ飲
みながらとか。

M2：ああ、それは便利だね。書類を確認したいときや、喫茶店に入
るほど時間がないけど、ちょっとひと休みしたいとき、便利だな。
だけど、おいしいものを食べたいときは、入らないよ。

F ：二人とも帰りが遅いときは、コンビニに行っているわけね。でも、 | 關鍵句 |
安いからってしょっちゅう行くと、レストランで食べるより高
くついたりするから気をつけてね。 ③

翻譯與解題

もんだい 1

もんだい 2

もんだい 3

もんだい 4

もんだい ❺

請先聽完對話，接著聆聽兩道問題，並分別從答案卷上的選項 1 到 4 當中，選出最佳答案。

(3)

電視節目正在報導便利商店的改變。

M：便利商店的銷售競爭愈趨白熱化。不僅增加了拉麵、烏龍麵和義大利麵的品項，還有愈來愈多店鋪還特別著重在蛋糕、泡芙、甜甜圈等甜點上。這些都是便利商店鎖定了逐漸漲價的5,000億圓拉麵市場，以及一直幾乎沒漲過價的2,500億圓披薩市場，這些品項在便利商店的訂價能夠更為便宜。此外，近來也有些店鋪增設了店內飲食區，迫使外食產業不得不因應改革。

M1：高中生當然都去便利商店啊！因為拉麵店實在太貴了。

M2：話是這麼說，但是好吃嗎？

M1：我是不知道好不好吃啦。不過一群人一起吃東西時很方便啊，難免有些傢伙討厭吃拉麵。

F：喔，女孩子聚在一起的時候，或許會遇到那樣的情況。

M1：未必只有女生會那樣，也有很多男生比較喜歡吃甜甜圈配咖啡，而不是拉麵喔。

F：是哦。

M1：我上補習班前想先做作業的時候，也會去啊。一面喝可樂一面寫。

M2：是啊，那樣很方便。比如有時候想檢查文件，或是想稍微休息一下，但又沒有充裕的時間進咖啡廳，這種時候就很方便。不過，我如果想吃好吃的東西，就不會去那裡喔。

F：原來你們兩個晚回家時，都是待在便利商店裡了。但是要小心喔，不要以為便宜就常去光顧，說不定算下來反而比上餐廳吃大餐還要貴呢。

Answer 1

質問1

息子は、どんな時にコンビニを利用すると言っていますか。

1 みんなで違うものが食べたいとき

2 デートをするとき

3 静かなところで勉強したいとき

4 甘いものを食べたいとき

Answer 4

質問2

母親は、コンビニについてどう考えていますか。

1 一休みするには便利だ

2 安いので便利だ

3 家族がコンビニに寄って帰ると遅くなるので困る

4 たびたび利用するとお金がかかる

□ コンビニエンスストア【conveniencestore】 便利商店

□ スパゲティ【（意）spaghetti】 義大利麵

□ シュークリーム【（法）choualacreme】 泡芙

□ 狙う 瞄準

□ 設定 設定，制定

□ 設ける 設立；準備

□ 改革 改革

●●○

翻譯與解題

もんだい 1

もんだい 2

もんだい 3

もんだい 4

もんだい ❺

提問 1

請問兒子説自己什麼時候會上便利商店呢？

1 　想一群人吃不同東西時

2 　約會的時候

3 　想安靜念書的時候

4 　想吃甜食的時候

①②拉麵店裡只有拉麵，但對話中提到「ラーメン嫌いなやつもいるし（難免有些傢伙討厭吃拉麵）」、「ドーナッツとコーヒーとかっていうやつ、多い（也有很多男生喜歡吃甜甜圈配咖啡）」。

提問 2

請問媽媽對便利商店有什麼看法呢？

1 　想稍微休息時很方便

2 　因為便宜所以很方便

3 　因為家人先去便利商店再回家的話會很晚，所以很困擾

4 　常常去光顧的話會花很多錢

③媽媽説便利商店雖然便宜，但要是經常光顧，反而會花更多錢。

N1 聴力模擬考題　問題5　第二回　(5-6)

問題5では、長めの話を聞きます。この問題には練習がありません。

メモをとってもかまいません。

1番、2番

問題用紙に何も印刷されていません。まず話を聞いてください。それから、質問とせんたくしを聞いて、1から4の中から、最もよいものを一つ選んでください。

(5-7) **1番**　【答案詳見：214頁】　　答え：(1)(2)(3)(4)

- メモ -

(5-8) **2番**　【答案跟解説：216頁】　　答え：(1)(2)(3)(4)

- メモ -

3番

(5-9)

まず話を聞いてください。それから、二つの質問を聞いて、それぞれ問題用紙の1から4の中から、最もよいものを一つ選んでください。

(5-10) **3番** 【答案跟解説：218頁】　　　答え：① ② ③ ④

質問1

1　こんな会社が増えてほしい

2　社員にストレスを与えるだけだ

3　自分の会社でも提案したい

4　おもしろそうだが行ってみたいとは思わない

質問2

1　役員が働くのは嫌だ

2　男の人は遠慮をしすぎている

3　いいシステムだ

4　何の効果もないはずだ

問題用紙に何も印刷されていません。まず話を聞いてください。それから、質問とせんたくしを聞いて、1から4の中から、最もよいものを一つ選んでください。

1番

会社で、男の人と女の人が話をしています。

F：スポーツ大会は、どんな競技を入れましょうか。

M：冷房が効いた体育館だから、たいていのものはできるよ。 ｜關鍵句｜

F：バレーボールは外しときませんか。みんなが同じ ①
　レベルで楽しめるように。

M：うん。社内にクラブがあるからね。チームワークが試されるものを入れて、日頃交流のない社員でチームを作るようにしたら、社内でのコミュニケーションに役立つんじゃない？バスケットボールや、バドミントンなんか。ただ、バドミントンと卓球は一度に競技できる人数が少ないよね。

F：まあそうですけど、みんなで誰かを応援するっていうのもいいんじゃないですか。

M：審判はどうする。審判がいないと話にならないよ。

F：私、中、高とやってたんで、バドミントンのルー ｜關鍵句｜
　ルならわかります。 ②

M：バスケは山崎君がわかるよ。高校の時、県大会に ｜關鍵句｜
　出たって。じゃ、これでいい？ ③

F：うーん、なんかちょっともの足りないような。綱
　引きはどうですか。

M：いいね。審判はだれでもできるし、それこそ、チー ｜關鍵句｜
　ムワークだよ。賛成。 ④

スポーツ大会の競技はどれにしますか。

1　バレーボール、バスケットボール、バドミントン

2　卓球、バスケットボール、綱引き

3　バドミントン、バスケットボール、綱引き

4　バドミントン、バスケットボール、卓球

□ 競技　體育比賽（項目）
□ 交流　交流
□ 審判　審判
□ もの足りない　感到不足
□ 綱引き　拔河
□ 賛成　贊成，同意

翻譯與解題

もんだい 1

もんだい 2

もんだい 3

もんだい 4

もんだい ❺

答案卷上沒有印任何圖片和文字。請先聽完對話，再聽問題和選項，從選項1到4當中，選出最佳答案。

（1）

男士和女士正在公司裡討論。

Ｆ：運動會該提列哪些比賽項目呢？

Ｍ：反正是在有冷氣的體育館裡舉辦的，大部分的比賽項目都沒問題吧。

Ｆ：可以剔除排球嗎？挑選大家程度差不多的運動才能同樂。

①排球不正確。

Ｍ：嗯，畢竟公司裡有排球隊嘛。如果能在這次的運動會中，安排可增進團隊合作的運動，讓平常沒有互動的員工組成隊伍，應該有助於公司內部的交流吧？例如籃球或羽毛球之類的。不過，羽毛球和桌球的每場出賽人數太少了吧。

Ｆ：雖然出賽人數少，但是大家一起為選手加油也不錯呀！

Ｍ：裁判該怎麼安排？沒有裁判就沒辦法比賽了。

Ｆ：我中學和高中時都打羽毛球，所以懂這個項目的規則。

②③因為羽毛球和籃球有能擔任裁判的人，所以正確。

Ｍ：籃球的話，山崎一定懂規則，他說高中時參加過縣運會。那，這樣就行了吧？

Ｆ：呃，項目似乎不太夠……，拔河怎麼樣？

④因為任何人都能擔任拔河的裁判，又能展現團隊合作，所以正確。

Ｍ：好極了！這個項目任何人都能當裁判，而且是最能展現團隊合作的比賽了！我贊成！

Answer 3

運動會安排了哪些比賽項目呢？

1　排球、籃球、羽毛球。
2　桌球、籃球、拔河。
3　羽毛球、籃球、拔河。
4　羽毛球、籃球、桌球。

因此，正確答案是選項3。

2番

大学で学生が新入生歓迎会について話しています。

F1：今年の新入生歓迎会、どこにする？

M：駅の南口の焼き鳥屋でいいんじゃない。

F1：今年は女子が多いから、焼き鳥屋って感じでもないような。

F2：ご飯ものとかデザートとかが充実してればいいんだけどね。

F1：そうそう。公園のところにできたカフェみたいなところはどうかな。

M：ああ、だけどあそこ、ランチでもめちゃくちゃお金がかかるよ。ピザ屋はどうかな。ほら、二つ目のバス停の。

F2：時間制限があるけど大丈夫？ きっちり2時間。あと、セット料金が意外と高いよ。

M：うーん、<u>いっそ、ここまで届けてもらおうか</u>。飲み物はこっちで買ってきて。6時から始めるんだったら授業が終わってすぐだから、出席者も多いよ、きっと。 ⟨關鍵句 1⟩

F1：それ、いいんじゃない。<u>三階の学生ルーム、予約できないか聞いてみるよ</u>。お酒はだめだけど、まあ、それは終わってから自由に行けばいいし。カフェやら寿司屋やら、駅に行けばいくらでもあるよ。 ⟨關鍵句 2⟩

F2：そうするとかえって高くなるんじゃない？

F1：でも、最近はあまり飲まない人が多いよ。男子でもノンアルコール頼む人が結構いる。それに、新入生は未成年だから、お酒、だめだしね、元々。

M：よし、<u>今年は配達。それで行こう</u>。 ⟨關鍵句 3⟩

□ 焼き鳥屋 串烤店，串燒店
□ 充実 充實
□ 制限 限制；極限
□ きっちり 精準地，緊緊地

歓迎会の場所はどこになりましたか。

1 焼き鳥屋

2 新しいカフェ

3 ピザ屋

4 大学の学生ルーム

翻譯與解題

もんだい 1

もんだい 2

もんだい 3

もんだい 4

もんだい ❺

(2)

大學生正在學校裡討論迎新會。

F1：今年的迎新會，要在哪裡辦？

M：去車站南口的串烤店就好了啊！

F1：今年女生比較多，串烤店似乎不太適合。

> 選項 1 因為女生比較多，所以不適合。

F2：我覺得只要飯類和甜點品項夠多的地方就可以了。

F1：沒錯沒錯！公園那邊有家新開的像是咖啡廳的地方，你們覺得如何？

M：喔，可是那裡就算是午餐時段也貴得要命吔！披薩店怎麼樣？公車搭兩站下車就到了的那一家？

> 選項 2 因為價格太貴所以遭到反對。

F2：那裡有用餐時間限制，行嗎？只能待兩小時而已。還有，套餐的價格其實蠻貴的喔。

> 選項 3 有時間限制，而且套餐也太貴了。

M：是哦。那乾脆叫外送，在這裡辦好了。飲料也由我們去買回來。六點開始的話，剛好一下課就馬上過來，這樣參加的人數一定比較多！

F1：這主意不錯吔！我去問問看三樓的學生交誼廳能不能預約借用。但是這樣就不能喝酒了。其實也沒關係，迎新會結束之後，想去的人約到校外喝就好了。不管想去咖啡廳或是壽司店，車站那一帶就有很多店家，任君選擇。

F2：這樣一來，不是反而花更多錢嗎？

F1：可是最近有很多人都不太能喝酒呀。即使是男生，也有很多人都點無酒精的飲料。何況新生還未成年，本來就不能喝酒嘛。

> ①②③結果決定在三樓的學生交誼廳舉辦。

M：好，今年就叫外賣！就這樣決定了！

-- Answer 4

最後決定在什麼地方舉行迎新會呢？

1　串烤店

2　新開幕的咖啡廳

3　披薩店

4　大學校園裡的學生交誼廳

まず話を聞いてください。それから、二つの質問を聞いて、それぞれ問題用紙の1から4の中から、最もよいものを一つ選んでください。

3番

テレビでレポーターが話をしています。

M：今日は、会社の株価の動きに合わせて、イベントや、メニューが変わるというユニークな社員食堂を紹介したいと思います。こちらは、ある食品メーカーの社員食堂です。普段は、そばや寿司、ラーメンコーナー、洋食コーナーなどが設けられ、ICカードで注文するメニューのほか、羊の肉の丸焼きや北京ダック、バーベキューなどのイベントも行われる、充実した食堂です。働く人も100人近く、ということです。しかし、なんと驚いたことに、会社の売り上げが下がったときは、メニューがカレーややきそば、定食など簡単なものばかりになります。さらに社長以下、部長までの役員たちが、社員にごはんやみそ汁、おかずをよそって、配膳を行うのです。社員たちはとても恐縮してしまい、食べた気にならないと言った声も聞かれるようですが、なんともおもしろい仕組みですね。

M：これは嫌だな。絶対嫌だ。　<關鍵句
　　　　　　　　　　　　1

F1：なんで？ 面白くていいじゃない。うちの会社はそもそも社員　<關鍵句
　　食堂なんてないから、うらやましいよ。
　　　　　　　　　2　　　　　　　關鍵句

F2：うちもないけど、これはおもしろいし、いい仕組みだね。会社の売り上げが下がったら、上の責任を問うというところが気に
　　　　　　　　　　　　　　　　　3
　　入ったな。

M：役員たちの責任だと考えるなら、社員に食事ぐらいはのんびり　<關鍵句
　　普通に食べさせてほしいよ。部長にご飯をよそってもらうなんて冗談じゃない。かたくなっちゃって、ろくにのどに通らないよ。

F2：そこまで上の人に気を遣ってるってことなんだね。私はないな、
　　　　　　　　　　　　　　　　　　　　　　　　　　　4
　　それは。だって業績の悪化はやっぱり上の責任だと考えてほしい。

F1：上の人の責任と見せて、そうさせたのはお前たちだぞっていう、心理的なプレッシャーを与える効果もあるってことかな。

翻譯與解題

もんだい 1

もんだい 2

もんだい 3

もんだい 4

もんだい ❺

請先聽完對話, 接著聆聽兩道問題, 並分別從答案卷上的選項1到
4當中, 選出最佳答案。

(3)

特派記者正在電視節目裡報導。

M：今天想為各位介紹一間很特別的員工餐廳，這裡會
　　隨著公司當日的股價波動而推出特別的餐點，或是
　　調整菜色。我目前的所在位置，就是某家食品製造
　　公司的員工餐廳。平常這裡設有蕎麥麵、壽司和拉
　　麵的供餐區，以及西式餐食供餐區，員工可用IC卡
　　點餐；除此之外，有時還會推出烤全羊、北平烤
　　鴨、BBQ等等特別的餐點，可說是菜色非常豐富的
　　員工餐廳。在這裡上班的員工將近一百人。不過，
　　最令人驚訝的是，當公司的營業額減少的時候，這
　　裡會改成只供應咖哩飯、炒麵和套餐之類的簡單菜
　　色。不僅如此，從經理到總經理的董事階級，都要
　　來這裡打菜，為員工添飯夾菜和盛味噌湯。儘管有
　　些員工覺得擔當不起，飯菜難以下嚥，總而言之，
　　這樣的制度實在太有趣了！

M：換做是我才不要咧！絕對不要！

F1：為什麼？很好玩呀。我們公司連員工餐廳都沒有，
　　很羨慕呢。

F2：我們公司也沒有員工餐廳，不過這種方式很有意
　　思，蠻好的喔！如果公司的營業額減少，該由上面
　　的人負起責任，這個想法我喜歡！

M：假如真的認為該由董事階級負起責任，那就讓員工安
　　安穩穩地吃一頓飯嘛。由經理幫我添飯，開什麼玩笑
　　啊！我一定渾身不對勁，飯菜連吞都吞不下去哩！

F2：那表示你太顧慮上面的人了，我一點都沒那樣想
　　哦。我希望大家能夠認清，業績惡化終歸是上面的
　　人該負的責任。

F1：他們那樣做，或許表面上是由上面的人承擔責任，
　　實際上則是希望藉此對員工施予心理壓力——這一
　　切都怪你們工作不力！

質問1
しつもん

男の人は、この社員食堂についてどう考えていますか
おとこ ひと　　　　　　しゃいんしょくどう　　　　　　　　かんが

1　こんな会社が増えてほしい
　　　　　かいしゃ　ふ

2　社員にストレスを与えるだけだ
　　しゃいん　　　　　　　　あた

3　自分の会社でも提案したい
　　じぶん　かいしゃ　　ていあん

4　おもしろそうだが行ってみたいとは思わない
　　　　　　　　　　　い　　　　　　　　　おも

質問2
しつもん

女の人たちのこの社員食堂に対する共通した意見はどれ
おんな ひと　　　　　しゃいんしょくどう　たい　きょうつう　い けん

ですか

1　役員が働くのは嫌だ
　　やくいん　はたら　　いや

2　男の人は遠慮をしすぎている
　　おとこ ひと　えんりょ

3　いいシステムだ

4　何の効果もないはずだ
　　なん　こうか

□ 株価　股票價格
　かぶか

□ 充実　充實
　じゅうじつ

□ おかず　菜餚

□ 配膳　將飯菜配給客人
　はいぜん

□ 仕組み　結構，策劃，安排
　しく

□ 業績　業績
　ぎょうせき

□ 悪化　惡化
　あっか

□ プレッシャー【pressure】　壓力

翻譯與解題

もんだい 1

もんだい 2

もんだい 3

もんだい 4

もんだい ❺

提問 1

男士對這間員工餐廳有什麼看法？

1 希望這樣的公司可以增加

2 認為這只會給員工增加壓力

3 也想建議自己的公司跟進

4 雖然很有趣但並不想嘗試

①④男士認為這種員工餐廳只會帶給員工更大的壓力，所以反對。

提問 2

女士們對這間員工餐廳的共通意見為以下何者？

1 不喜歡由董事負責添飯夾菜

2 認為男士顧慮太多

3 認為這是很好的制度

4 認為應該不會有任何效果

②③女士們認為這個員工餐廳很有趣，並且覺得這是很好的方式。

N1 聴力模擬考題　問題5　第三回　(5-11)

問題5では、長めの話を聞きます。この問題には練習がありません。

メモをとってもかまいません。

1番、2番

問題用紙に何も印刷されていません。まず話を聞いてください。それから、質問とせんたくしを聞いて、1から4の中から、最もよいものを一つ選んでください。

(5-12) **1番**　【答案詳見：224頁】　　　　　答え：① ② ③ ④

- メモ -

(5-13) **2番**　【答案跟解説：226頁】　　　　答え：① ② ③ ④

- メモ -

3番

まず話を聞いてください。それから、二つの質問を聞いて、それぞれ問題用紙の1から4の中から、最もよいものを一つ選んでください。

(5-15) **3番** 【答案跟解説：228 頁】　　　答え： ① ② ③ ④

質問1

1　家族がクラシックを聴いているとき

2　疲れているとき

3　悲しいとき

4　ゆったりしているとき

質問2

1　意外性のある人

2　趣味のない人

3　趣味がよく変わる人

4　人に安心感を与える人

問題用紙に何も印刷されていません。まず話を聞いてください。それから、質問とせんたくしを聞いて、1から4の中から、最もよいものを一つ選んでください。

1番

電話で男の人と女の人が話しています。

F：インターネットクラスは、<u>月曜日と水曜日のコースだと7時から、火曜、木曜は8時からです</u>。どちらの内容もビジネス英会話です。 <small>①</small> ▷ 關鍵句

M：授業の長さも、同じですか。

F：ええ、同じです。ただ、水曜日は、研修中の教師も交代で入りますので、それをご理解いたいただいた上でないと、お受けできないのですが…。

M：それで、値段の方は違ってくるんでしょうか。

F：授業料は同じです。いろいろな教師の発音に触れるのも聴解力を伸ばすためにはいいのでは、と…。

M：確かに、発音のいい先生とばかり話していたら、実際に話すときに困りますからね。だけど毎週二日というのがちょっと。たまに残業もありますし。

F：その場合は、3時間前でしたらキャンセルをして他の日に替えることもできます。または、少し割高になりますがフリープランコースはいかがですか。

M：どのぐらいかかりますか。

F：曜日固定のコースの場合、一か月6,800円ですが、フリープランコースですと10回分ずつのお支払いで、10回で9,000円です。

M：そんなには変わらないですね。だけど、<u>いつでもできると先に延ばしがちにしそうだから、やっぱり固定でやります。7時からでいいです。</u>ダメなときは早めにキャンセルすればいいんですよね。 <small>②</small> ▷ 關鍵句

□ 研修 進修，培訓
□ 交代 輪流，替換
□ 割高 價格較高
□ 固定 固定
□ 支払い 支付
□ 延ばす 拖延，推遲

男の人は、どのコースに申し込むことにしましたか。

1 月曜日と水曜日のコースにする。

2 火曜日と木曜日のコースにする。

3 水曜日のコースにする。

4 フリープランコースにする。

答案卷上沒有印任何圖片和文字。請先聽完對話，再聽問題和選項，從選項 1 到 4 當中，選出最佳答案。

(1)

男士和女士正在通電話。

F：網路教學課程，星期一和星期三的班是從七點開始，週二和週四則是從八點開始。這兩個班的授課內容同樣都是商用英語會話。

M：請問授課時數也一樣嗎？

F：是的，都一樣。不過，星期三有時會輪到實習教師授課，關於這一點必須先取得您的同意，才能接受報名⋯⋯。

M：如果報名那個班，學費會減免嗎？

F：學費都相同。因為本校認為，接觸各個教師的不同發音也有助於增進聽力⋯⋯。

M：的確，如果只和發音標準的老師交談，在實際生活中與人談話時會聽不太懂。不過每週兩天恐怕有點困難，偶爾難免要加班。

F：如果臨時無法上課，最遲在上課的三小時前可以取消，換到其他天上課。或者，您可以考慮選擇稍微貴一點點的隨到隨學班。

M：請問要多少錢呢？

F：固定時段班是一個月六千八百圓，隨到隨學班是以每十堂課為一個單位，每十堂課九千圓。

M：沒有差太多嘛。不過，如果任何時段都可以上課，恐怕會偷懶，還是固定的好了。我選從七點開始的。萬一不行的話，只要提早取消就可以了吧？

請問男士最後決定報名哪個班呢？

1 星期一和星期三的班。
2 星期二和星期四的班。
3 星期三的班。
4 隨到隨學班。

Answer 1

> 建議一邊聽對話一邊將三種課程的時間記下來。

> 星期一和星期三的課程從七點開始

> 星期二和星期四的課程從八點開始

> 隨到隨學班的課程，日期和時間皆可任選

> ①②男士決定報名七點開始的固定時段班。從七點開始的是星期一和星期三的課程。

> 選項 3，沒有只在星期三上課的課程。

> 選項 4，男士説因為隨到隨學班可能會偷懶，所以還是固定時段上課好了。

2番

近所の人が集まって、道で話しています。

M：おはようございます。

F1：おはようございます。あのスーパー、荷物を運ぶ [關鍵句]
音、すごいですよね。 **1**

M：最近、回数が増えてるんですよね。夜中もあの音 [關鍵句]
で目が覚めちゃって。 **2**

F2：おはようございます。

M、F1：ああ、おはようございます。

F2：うちにも店員さんたちが外で携帯かけてる声がか [關鍵句]
なり響くんで、先週、店長さんに話したんですけ
どね。 **3** で、これから気をつけるって言ってたのに。

M：実は、私も言いには行ったんですよ。店長に言っ
ても、何もかわらないですね

F1：やっぱり警察に言った方がいいんじゃない。だっ
てこれ、立派な*迷惑行為ですよ。

M：いきなりはどうかなあ。一応ご近所だし。この商
店街じゃ、あのスーパーのおかげでお客が増えたっ
ていうところもあるわけだし。

F2：じゃあ、とりあえず市役所に相談してみたらどう
でしょう。

F1：そうですね。あまり大騒ぎするのもちょっとね。

- □ 回数 次數
- □ 目が覚める 醒來
- □ 行為 行為
- □ 市役所 市公所，市政府
- □ 大騒ぎ 轟動，大吵大鬧
- □ 騒音 噪音

三人は何について市役所に相談しますか

1　スーパーの休憩時間について
2　スーパーの営業時間について
3　スーパーの店長について
4　スーパーの騒音について

翻譯與解題

もんだい 1

もんだい 2

もんだい 3

もんだい 4

もんだい ⑤

(2)

街坊鄰居聚在路邊聊天。

M：早安。

F1：早安。那家超市搬貨的聲音好吵喔！

M：最近搬運的次數變多了，連半夜也會被那種聲音吵醒。

F2：早安。

M、F1：喔，早安。

F2：我家也因為店員們在外面講手機的聲音太大，所以上星期找店長講過了。店長說，以後會提醒他們小聲一點。

M：其實，我也去講過了。可是就算找過店長，還是一樣吵啊。

F1：是不是該報警比較好呀？這已經嚴重妨礙生活安寧了。

M：畢竟是鄰居，一下子就報警似乎不太妥當。而且也多虧那家超市幫這條商店街帶來一些人潮。

F2：那，不如先去市公所諮詢看看，你們覺得如何？

F1：有道理喔，把事情鬧大了好像也不太好。

①②③附近的居民覺得超市搬貨的聲音和店員們講電話的聲音很吵，也就是說，困擾他們的是噪音。

-- Answer 4

請問這三個人想去市公所諮詢什麼事呢？

1　關於超市的休息時間

2　關於超市的營業時間

3　關於超市的店長

4　關於超市的噪音

（＊）不折不扣＝在這裡並非優秀之意，而是反諷的意思「他に言いようがないほど、まさにそうだ（就是那樣，再也想不出更貼切的形容了）」。

　　　例句：「親切そうに見えても、あれは立派な詐欺ですよ。（即使看起來很誠懇，但那是不折不扣的騙術！）」

まず話を聞いてください。それから、二つの質問を聞いて、それぞれ問題用紙の1から
4の中から、最もよいものを一つ選んでください。

3番

テレビで、俳優がクラシック音楽について話しています。

M：僕がクラシック音楽にハマった*1のは、40歳になったころで、
それまでは、ずっとクラシックとは縁がありませんでした。ただ、
まあ、母や妻が聴いているのを、聞くともなしに聞いてはいた
んでしょうけど、そんなのは金持ちの気取った人が聴くものだ、
と思っていました。でもあるとき仕事で忙しすぎて毎日深夜帰 ◀ 關鍵句
りで、ミスも重なった時期があって、くたくた*2だったんです。
お金にも困って、もう音楽どころじゃない、そんな時に、仕事 ①
の打ち合わせで入った喫茶店で、モーツァルトのセレナーデが
流れてきたんです。心の中を優しく撫でられているようで、恥
ずかしいけど、涙が出そうになりました。あの時からですね。ゆっ ◀ 關鍵句
たりしたいときにクラシックを聴くようになったのは。最近は
自分の出ているドラマに使われたりしているし、ますます好き ②
になってきました。いいものって、どんな使われ方をしても、
いいもんですね。

M：この俳優、クラシックなんか聴くんだね。

F1：素敵。あの人、なんか軽そうだと思ってたのに、頭いいんだ。

M：クラシックは素敵、頭がいい、か。ふうん。そんなものかな。

F2：じゃあ、お父さんもクラシックしか聴かないから素敵でしょう。

F1：お父さんは、ちょっと違うの。ええと、かっこよくないってわけ
じゃないけど、ほら、全然意外じゃないじゃない。よく言えば、 ◀ 關鍵句
安定してるっていうか、ぶれない*3っていうか。 ③

M：ああ、それは女の人についても同じだな。例えば、いつも静か
でおとなしいと思っていた人が、バリバリ仕事をしていたりす
ると、素敵だなあと思うよ。意外性がある人は魅力があるな。

F2：私はほっとできる人がいいな。いつも同じように生活していて、 ◀ 關鍵句
ずっと一つのことを続けていたりするような人が。 ④

F1：はいはい。お父さんみたいにね。お母さんは、クラシック聴いて
たかと思ったらロックやJポップ聴いてたりするから意外性が
あるよね。

請先聽完對話，接著聆聽兩道問題，並分別從答案卷上的選項1到
4當中，選出最佳答案。

(3)

演員正在電視節目中談起古典樂的話題。

M：我到了四十歲才開始愛上古典樂，在那之前從來不聽
　　古典樂。不過呢，家母和內人都會聽，所以我也有一
　　搭沒一搭地跟著聽了，但是當時覺得那是故意裝作擁
　　有高尚嗜好的有錢人聽的東西。直到有一陣子工作
　　忙得不可開交，天天都三更半夜才回到家，工作上也
　　經常出錯，可以說身心俱疲。那段時期手頭也有些拮
　　据，根本沒有心情聽什麼音樂。結果有一天，為了談
　　工作而進了一家咖啡廳，店裡正在播放莫札特的小夜
　　曲，那旋律彷彿溫柔地撫慰了我的心。說來丟人，我
　　差一點流下了眼淚。就是從那個時候開始，每當我想
　　讓心情和緩下來的時候，就會聽古典樂。最近我出演
　　的連續劇也會用作配樂，使我加喜歡古典樂了。好東
　　西不管用在什麼地方，依然是好東西。

M：沒想到這位演員也會聽古典樂。

F1：好帥！本來覺得那個人好像沒什麼料，沒想到頭腦
　　還不錯嘛！

M：原來聽古典樂的人就叫帥、就叫頭腦不錯？哦，是
　　這樣嗎？

F2：照妳這麼說，妳爸爸同樣只聽古典樂，所以他也很
　　帥囉？

F1：爸爸不太一樣啦。呃，我的意思不是說爸爸不帥，而
　　是，完全沒有反差的魅力嘛！說得好聽點，就是四平
　　八穩的，或者說不動如山……。

M：喔，這個理論套用在女人身上也一樣吧。舉例來
　　說，平常看起來總是文文靜靜的人，一旦在工作上
　　果斷又俐落，就會讓人覺得十分出色。具有令人意
　　想不到的特質，那樣的人就是有魅力。

F2：我倒是喜歡能夠讓我卸下心防的人。就是那種生
　　活上總是維持同樣的步調，持之以恒做同一件事的
　　人。

F1：我懂我懂，就是像爸爸這樣，對吧？媽媽則是一下
　　子聽古典樂，一下子又換成聽搖滾或J-pop，令人
　　捉摸不定呢。

翻譯與解題

もんだい 1

もんだい 2

もんだい 3

もんだい 4

もんだい ❺

[総合理解] 　229

Answer **2**

質問1

俳優は、どんな時にクラシックを聴いたことがきっかけで好きになったのですか。

1 家族がクラシックを聴いているとき

2 疲れているとき

3 悲しいとき

4 ゆったりしているとき

Answer **4**

質問2

この父親は、どんな人ですか。

1 意外性のある人

2 趣味のない人

3 趣味がよく変わる人

4 人に安心感を与える人

□ クラシック【classic】 古典的

□ ハマる 沉迷於

□ 縁 關係；機緣；緣分

□ 気取る 裝模作樣

□ くたくた 疲憊不堪

□ ゆったり 舒適，舒暢

□ 安定 安定，安穩

提問 1

演員是在什麼時候聽到古典樂作為契機，才開始喜歡聽古典樂的呢？

1　家人會聽古典樂的時候

2　疲憊的時候

3　悲傷的時候

4　舒暢的時候

①②演員正在敘述當他在工作忙得不可開交時，偶然在咖啡廳裡聽到古典樂，這就是他喜歡上古典樂的契機。

提問 2

這位爸爸是個什麼樣的人呢？

1　具有令人意想不到的特質的人

2　無趣的人

3　經常改變興趣的人

4　能給人安心感的人

③④從「安定してる（四平八穩）」、「ほっとできる（讓人卸下心防）」可以得知，這位爸爸是選項 4 描述的「人に安心感を与える人（能給人安心感的人）」。

（＊1）愛上＝非常著迷。

（＊2）身心俱疲＝形容非常疲憊的模樣。

（＊3）不動如山＝思想和言行都不會輕易改變。

問題1
例

男の人と女の人が話をしています。二人はこれから何をしますか。

M：ごめんごめん。もうみんな、始めてるよね。

F：（少し怒って）もう。きっとおなかすかせて待ってるよ。飲み物がなくちゃ乾杯できないじゃない。私たちが買って行くことになってたのに。

M：電車が止まっちゃって隣の駅からタクシーだったんだよ。なんか、人身事故だって。

F：ああ、そうだったんだ。また寝坊でもしたんじゃないかと思ったよ。

M：ええっ。それはないよ。朝は早く起きて、見てよ、これ。

F：すごい。佐藤君、ケーキなんて作れたんだ。

M：まあね。とにかく急ごう。あのスーパーならいろいろありそうだよ。

二人はこれからまず何をしますか。

1　タクシーに乗る	2　飲み物を買う
3　パーティに行く	4　ケーキを作る

問題1

範例

男士和女士正在談話。請問他們接下來要做什麼呢？

M：抱歉抱歉，大家已經開始了吧？

F：（有點生氣）真是的，大家一定都餓著肚子等我們去啦！沒有飲料要怎麼乾杯呀？我們可是負責買飲料的耶！

M：我搭的那班電車中途停駛，只好從前一站搭計程車趕過來。聽說發生了落軌意外。

F：哦，原來是這樣喔，我還以為你又睡過頭了。

M：什麼？我才沒有睡過頭咧！一大早就起床了，妳看這個就知道了啊。

F：佐藤，你太厲害了，居然還會做蛋糕！

M：好説好説。總之，我們快點去買吧，那家超市的品項應該很齊全喔。

請問他們接下來要做的第一件事是什麼呢？

1 搭計程車　　**2** 買飲料　　**3** 去派對　　**4** 做蛋糕

<ruby>問題<rt>もんだい</rt></ruby>**2**

<ruby>例<rt>れい</rt></ruby>

Answer **4**

<ruby>男<rt>おとこ</rt></ruby>の<ruby>人<rt>ひと</rt></ruby>と<ruby>女<rt>おんな</rt></ruby>の<ruby>人<rt>ひと</rt></ruby>が<ruby>話<rt>はな</rt></ruby>しています。<ruby>男<rt>おとこ</rt></ruby>の<ruby>人<rt>ひと</rt></ruby>はどうして<ruby>肩<rt>かた</rt></ruby>がこったと<ruby>言<rt>い</rt></ruby>っていますか。

M：ああ<ruby>肩<rt>かた</rt></ruby>がこった。

F：パソコン、<ruby>使<rt>つか</rt></ruby>いすぎなんじゃないの？

M：<ruby>今日<rt>きょう</rt></ruby>は2<ruby>時間<rt>じかん</rt></ruby>もやってないよ。30<ruby>分<rt>ぶん</rt></ruby>ごとにコーヒー<ruby>飲<rt>の</rt></ruby>んでるし。

F：ええ？　<ruby>何杯<rt>なんばい</rt></ruby><ruby>飲<rt>の</rt></ruby>んだの？

M：これで4<ruby>杯<rt>はい</rt></ruby>めかな。<ruby>眼鏡<rt>めがね</rt></ruby>だって<ruby>新<rt>あたら</rt></ruby>しいのに<ruby>変<rt>か</rt></ruby>えてから<ruby>調子<rt>ちょうし</rt></ruby>いいんだ。ただ、さっきまで<ruby>会議<rt>かいぎ</rt></ruby>だったんだけど、<ruby>部長<rt>ぶちょう</rt></ruby>の<ruby>話<rt>はなし</rt></ruby>が<ruby>長<rt>なが</rt></ruby>くてきつかったよ。コーヒーのおかげで<ruby>目<rt>め</rt></ruby>が<ruby>覚<rt>さ</rt></ruby>めたけど。あの<ruby>会議室<rt>かいぎしつ</rt></ruby>は<ruby>椅子<rt>いす</rt></ruby>がだめだね。

F：そうなのよ。<ruby>私<rt>わたし</rt></ruby>もあそこで<ruby>会議<rt>かいぎ</rt></ruby>をした<ruby>後<rt>あと</rt></ruby>、<ruby>必<rt>かなら</rt></ruby>ず<ruby>背中<rt>せなか</rt></ruby>や<ruby>肩<rt>かた</rt></ruby>が<ruby>痛<rt>いた</rt></ruby>くなるの。<ruby>椅子<rt>いす</rt></ruby>は<ruby>柔<rt>やわ</rt></ruby>らかければいいというわけじゃないね。

M：そうそう。だから<ruby>会議<rt>かいぎ</rt></ruby>の<ruby>後<rt>あと</rt></ruby>は、みんな<ruby>肩<rt>かた</rt></ruby>がこるんだよ。

<ruby>男<rt>おとこ</rt></ruby>の<ruby>人<rt>ひと</rt></ruby>はどうして<ruby>肩<rt>かた</rt></ruby>がこったと<ruby>言<rt>い</rt></ruby>っていますか。

1　パソコンを<ruby>使<rt>つか</rt></ruby>い<ruby>過<rt>す</rt></ruby>ぎたから
2　コーヒーを<ruby>飲<rt>の</rt></ruby>みすぎたから
3　<ruby>部長<rt>ぶちょう</rt></ruby>の<ruby>話<rt>はなし</rt></ruby>が<ruby>長<rt>なが</rt></ruby>かったから
4　<ruby>会議室<rt>かいぎしつ</rt></ruby>の<ruby>椅子<rt>いす</rt></ruby>が<ruby>柔<rt>やわ</rt></ruby>らかすぎるから

問題2

範例

男士和女士正在聊天。請問男士為什麼說自己肩膀酸痛呢？

M：唉，肩膀酸痛。

F：是不是電腦用太久了？

M：今天還用不到兩小時呢！而且每半小時就去喝一杯咖啡。

F：什麼？你喝幾杯了？

M：這是第四杯吧。還有，自從換了一副新眼鏡以後，不必往前湊就看得很清楚。不過，我才剛開完會，經理講了很久，聽得很累。幸好喝了咖啡，還能保持清醒。那間會議室裡的椅子坐起來很難受。

F：就是說啊。我也一樣，每次在那裡開完會後，不是背痛就是肩痛。椅子並不是柔軟，坐起來就舒服。

M：對啊對啊，所以開完會以後，大家都肩膀酸痛呢！

請問男士為什麼說自己肩膀酸痛呢？

1 電腦用太久
2 喝過多的咖啡
3 經理話講太久
4 會議室的椅子太不柔軟

問題3

例

Answer **3**

テレビで男の人が話しています。

M：ここ2、30年のデザインの変化は著しいですよ。例えば、一般的な4ドアのセダンだと、これが日本とアメリカ、ドイツとロシアの20年前の形と比較したものなんですけど、ほら、形がかなりなだらかな曲線になっています。フロントガラスの形も変わってきていますね。これ、同じ種類なんです。それと、もう一つの大きい変化は、使うガソリンの量が減ったことです。中にはほとんど変わらないものもあるんですが、ガソリン1リットルで走れる距離がこんなに伸びている種類があります。今は各社が新しい燃料を使うタイプの開発を競争していますから、消費者としては、環境問題にも注目して選びたいものです。

男の人は、どんな製品について話していますか。

1 パソコン
2 エアコン
3 自動車
4 オートバイ

問題3

範例

男士正在電視節目上發表意見。

M：近二、三十年來的設計有顯著的變化。以常見的四門轎車來舉例，把日本的外型拿來和美國、德國及俄羅斯二十年前的做比較，可以發現，車體呈現相當流暢的曲線，而且前擋風玻璃的樣式也出現了變化喔。您看這裡，這是屬於同一種車款的。此外，還有一個很大的變化就是變得更省油了。雖然有些車款的耗油量幾乎和從前一樣，但也有另外幾種的每公升汽油行駛距離增加了許多。目前各車廠競相研發使用新式燃料的車款，希望消費者也能在講求環保的前提之下選購產品。

請問男士正在敘述什麼樣的產品呢？

1　電腦
2　空調機
3　汽車
4　摩托車

問題4

例

Answer　1

M：張り切ってるね。
F：1　ええ。初めての仕事ですから。
　　2　ええ。疲れました。
　　3　ええ。自信がなくて。

問題4

範例

M：瞧妳幹勁十足的模樣！
F：1　是呀，畢竟是第一份工作！
　　2　是呀，好累喔。
　　3　是呀，我實在沒有信心。

精修版

隨看 隨聽
朗讀QR code
線上下載學習更方便

新制對應 絕對合格！
日檢必背聽力

N1

［25K＋附QR Code線上音檔＋實戰MP3］

【日檢智庫QR碼 15】

■ 發行人／林德勝

■ 著者／吉松由美, 田中陽子, 西村惠子 , 林勝田, 山田社日檢題庫小組

■ 出版發行／山田社文化事業有限公司
地址　臺北市大安區安和路一段112巷17號7樓
電話　02-2755-7622　02-2755-7628
傳真　02-2700-1887

■ 郵政劃撥／19867160號　大原文化事業有限公司

■ 總經銷／聯合發行股份有限公司
地址　新北市新店區寶橋路235巷6弄6號2樓
電話　02-2917-8022
傳真　02-2915-6275

■ 印刷／上鎰數位科技印刷有限公司

■ 法律顧問／林長振法律事務所　林長振律師

■ 書＋MP3＋QR Code／定價　新台幣410元

■ 初版／2022年11月